潮ワイド文庫——008

鼓笛隊物語

佐藤愛子

潮出版社

読者の皆さまへ

――『鼓笛隊物語』文庫化によせて――

本書はかつて小社で刊行していた児童誌『希望の友』に連載され、一九六九年（昭和四十四年）七月に小社から刊行された佐藤愛子氏による同名小説を文庫化したものです。

単行本として発刊されてから五十五年――。この間、人々を取り巻く環境や社会一般に通用する常識や見解は、大きく変化しました。本作品中には、現代の感覚では違和感を覚える設定や表現がなされている箇所がありますが、作品が発表された当時の時代背景と原作を尊重し、単行本化当時のままご紹介いたしますことをご了承ください。

また、本作『鼓笛隊物語』誕生の背景は、単行本化の際に著者からよせられた「あとがき」に詳しく記されております。

本作品をお読みいただく前に、作品誕生の背景を知っていただくことで、読者の皆さまには、より深く作品をお楽しみいただけるのではないかと考え、単行本化の際は巻末に掲載された「あとがき」を、本文庫では「著者のことば」として次頁（四ページ）より掲載いたします。

二〇二四年十月

潮出版社

著者のことば

創価学会には鼓笛隊があって、ちょうど今年で十年目にあたる。それを記念して『鼓笛隊物語』というようなものを書いてもらえないだろうか――『希望の友』編集部からそんな話を持ちこまれたのは、今から三年前（一九六六年）のことである。そのとき正直いって、私はためらった。私は学会員ではない。それに鼓笛隊についての知識は何もなく、取材に出かける暇がありそうにない――それが私がためらった理由である。

ところが私がためらっているうちに、当時編集長であった渡部通子さんはどんどんことを運んで、ある日、迎えの車が来てこれから赤坂公会堂で合同練習があるので見てくださいという。ためらったままの私は、何とはなしに車に乗り、赤坂公会堂へ運ばれてしまった。赤坂公会堂の階段を上るときも、私はまだためらったままの気持ちだった。ところが渡部さんに連れられて会場へ入ったときから、私は変わってしまったのだ。会場を埋めたドラムやファイフやアコーディオン、その少女たちの間から湧き立つような演奏がはじまったときから、私は変わってしまったのである。まったくそれはものすごい音だった。公会堂の建物が今にも割れてしまうのではないかと思うほどの音響だった。もともと私は感激屋で、感激するとオッチョコチョイになる傾向がある。演奏の後、渡部さんの紹介で挨拶に立ったとき、私はいつかすっかり『鼓笛隊物語』を書く気になって挨拶をしていたのだった。

取材がはじまった。しかし時期が悪くてパート練習など実際に見ることができない。しかたなく鼓笛隊の人たちに集まってもらって話を聞いた。だからこの小説の筋は私が作ったものだが、細かい部分はその人たちのおかげでできたといえる。小説を書きながら、当時、鼓笛部長や副部長に何度、電話をかけたかしれない。その他、わざわざ私の家まで出向いて質問に答えてくださった人、電話で熱心に話してくださった方々に、ここで御礼をいわせていただく。ありがとうございました。皆さんのおかげでやっと一冊の本にまとまりました。それから赤坂公会堂で私を感激させてくださった皆さん、この小説ができあがったのは皆さんの情熱、信念、若さ、そして力のおかげでもあります。

十五回の連載が終わった後、単行本にするという話を受けて、私はもう一度小説を書き直した。鼓笛隊の皆さんの協力と期待に、もっと強く応(こた)えねばならないと思ったからだ。今年の元旦(がんたん)から十日までかかって、三百枚(まい)だった小説を四百枚にふやした。はたして皆さんの期待にそえただろうか？　心配である。

一九六九年六月十五日

佐藤愛子

鼓笛隊物語

目次

装　丁　金田一亜弥、髙畠なつみ（金田一デザイン）
本文組　水野拓央

鼓笛隊物語

第一章　鼓笛隊に入りたい

朝の笛の音

笛の音が聞こえる。
朝だ。五時だ。
夢うつつに和子は思う。早見和子の眠っている部屋に、古びた雨戸の節穴から射しこんでくる朝の光と一緒に、コロ、コロとつまずきながら笛の音がころがり入ってくる。
ド・ド・ミ・ド
レ・レ・ファ・レ
ミ・ミ・ソ・ミ
ファ・ソ・ラ・ファ……
今朝もまたスタッカートの練習だ。和子はふとんの中で思わず首を振って拍子をとった。

ソ・ラ・シ・ソ

ラ・シ・ド・ラ

ド・シ・ラ・ド

シ・ラ・ソ・シ

………

どうか、今朝は音がつまずかないで、うまくいきますように……

和子は胸の上でそっと手を合わせる。つまずいたり、音をはずしたりしないで最後までうまくいったときは、その日一日、なにかいいことがありそうな気がするのだ。

ソ・ファ・ミ・ソ

ファ・ミ・レ・ファ

ミ・レ・ド・レ

ド――

最後のドーがくると和子はまるで自分のことのようにほっとする。どう贔屓目に考えてもうまいとはいえない笛だ。おなじ練習をもう一カ月もくりかえしている。

「スタッカートっていうのは、ピッ・ピッ、と短く、歯切れよく、はっきりした気持ちのいい音でくぎるように吹くのよ」

笛の音の主である西田アヤ子はいつか、和子にそう説明した。しかし実際にはなかなか〝歯切れよく、気持ちのいい音〟というわけにはいっていない。

「なんだい、あのフンヅマリみてえな音は……」

和子のおじの耕作は毎朝のようにそういう。

「朝っぱらからあんな音を聞かされると、どうも気分がスッキリしねえよ」

和子の家とアヤ子の家とは、隣同士である。東京都の西のはずれにあるこのT町では、俗に坂上、坂下、本通り、と呼ばれる三つの区域に分かれているが、坂上というのはこの町の高台にある富裕な人たちの住む一角で、坂下はその高台の下にゴチャゴチャと小さな軒をならべている一角である。早見和子と西田アヤ子の家は、この坂下の一角でも一番どんづまりの、崖のすそにある棟わり長屋で、建ってからもう四十年近くになるという古家だ。家賃も安いが家もひどい。いたるところにすきまがあって、アヤ子のへたな笛の練習は、つつぬけに和子の家に聞こえてくるのだが、また、耕作の声も遠慮なしにアヤ子のほうへつたわって行くのである。

耕作は和子の死んだ父の兄である。和子の父は腕のいい旋盤工だったが、工場の事故で急死した。残された母は和子を耕作にあずけて働きに出ることになり、それまでの住居をひきはらって母子で耕作の家へ移ってきた。和子が四歳のときのことである。
それから五年間、母は昼間は近くの病院の食器洗いに行き、夕方からは小料理屋の女中として働きにいっていた。夜おそく帰ってくる母のふろしき包みの中から、新聞紙に包んだタマゴ焼きやカマボコが出てきたことを和子は忘れない。母は和子に食べさせようとして、客が残した物をもって帰っていたのだ。

和子の母はいつも疲れていた。夜、働きに出るようになってから、もともとやせていた小さなからだが、ますますやせて小さくなった。めったに笑い顔を見せなくなり、疲れたような沈んだ表情をしてぼんやりしていることが多かった。そしてある夜ふけ、和子の母は働き先の小料理屋から帰るとちゅう、タクシーにはねられて死んでしまったのだった。

「かわいそうにねえ、轢かれたあとに、タマゴ焼きとエビが落ちていたよ」

アヤ子の母が走ってきてそうさけんだ声は、きのうのことのように和子の耳にこびりついている。母は働きすぎ、疲れはてて自動車のくるのも気がつかず、ふらふらと道を横切ろうとしたのだった。和子が小学校三年生の秋のことである。和子はそのときから耕作夫婦の子供として育てられることになった。

耕作はガンコ者で口が悪いが、子供がないせいもあって和子をかわいがってくれた。

耕作は戦争で左足を負傷して少し足を引きずる。ガンコで怒りっぽいので、職につい
てもすぐにケンカをしてはやめてしまい、いまでは豆腐の小売りをしている。耕作が
職をかえるたびに妻のイネと猛烈な夫婦ゲンカがはじまるのが、和子はなによりもい
やだった。イネは勝気な働き者で、通いの家政婦をして年中無休で働いているのであ
る。

「働いても働いてもくらしが楽にならないなんて、どういうわけだかねえ。世の中が
悪いのか、亭主がノラクラ（怠け者）なのか、それともうちには貧乏神でもついている
のか……」

それがイネの口癖だった。

和子はそれを聞くといたたまれない気持ちになった。貧乏神とはあたしのことを
いっているのだわ、と思う。イネは浅黒い長い顔に細い目をしているが、その目は興
奮するとたちまちキツネの面のようにつりあがるのである。

坂下の住人たちは朝が早い。中でも一番の早起きは西田アヤ子だった。アヤ子が早
起きになったのは三カ月ほど前からで、それまではこの界隈一の早起きは耕作だった
のだ。耕作は早起きをして井戸端で体操をする。体操といっても自己流のもので、ま
るで剣道のかけ声のような大声で号令をかけながらゲンコを空や地面にむかって突き

出すのである。だがその耕作の体操も、ここ二、三カ月、あまり調子が出ない。というのはアヤ子が早起きをして笛の練習をするからで、「エイッ！　トウ！　タッ！　トウ！」
の勇壮な号令の合い間に、心ぼそい調子はずれの笛の音が、

　レ・レ・ファ・レ

　ミ・ミ・ソ・ミ……

と鳴っては、うまくいくわけがないのである。

「ガンモドキのくせに笛なんか吹きやがって、生意気なやつだ！」

耕作はアヤ子のことをそういって怒った。豆腐屋になってから、耕作は人を見るとやたらと商売物にたとえる癖がついた。和子は色が白くてやわらかそうだからキヌゴシで、アヤ子は高校二年になって急にニキビが出始めたからガンモドキだ。アヤ子の父は背が高いがやせて角ばっているのでウスアゲだという。

「なんだ、あのウスアゲめ。ウスアゲのくせにメガネなんかかけやがって生意気な野郎だ」という。耕作とアヤ子の家は、もう二十年も隣同士で暮らしているのに、五、六年前から急に仲が悪くなった。

　その原因はアヤ子の一家が創価学会に入信したことで、耕作はアヤ子の父や母が折

伏にくるのを怒ってケンカをしてしまったのだ。

「オレはタコと創価学会は大嫌いなんだ！」

耕作はわざと聞こえよがしに、アヤ子の家のほうへむかってそういう。

「いいか、和子、あんなやつらにごまかされて創価学会なんかに入るなよ」

耕作にそういわれると、和子は返事ができない。和子は耕作に内緒で学会の会員になっているからなのだ。和子の母はアヤ子の両親にすすめられて、死ぬ一カ月ほど前に学会の会員になっていたのだ。そのとき和子も一緒にアヤ子の家で御本尊さまをおがんだ。耕作に知れたら大騒動がおこるので、内緒だった。

母が死んでからは、耕作がこわくてお題目を唱えたこともなく、勤行もおこたりがちになってしまった。

アヤ子の家から一家そろって朝夕の勤行の声が流れてくるのを聞くたびに、和子はアヤ子をうらやましいと思った。アヤ子はこの四月から高校二年生になる。和子は中学二年になるが、とても高校へはいかせてもらえないだろうと思うと、またしてもアヤ子がうらやましくなる。いやそれよりも和子がもっとうらやましいことは、アヤ子が学会の鼓笛隊に入っているこｔなのだった。いまアヤ子の望みは、この秋の文化祭に、ファイフ（横笛）の出場者として選ばれたいということなのだ。

ソ・ファ・ミ・ソ
ファ・ミ・レ・ファ
ミ・レ・ド・レ
ド――
その練習を聞いていると、一度でいいから和子も笛を鳴らしてみたいと思う。
――ああ、あたしには、なにも許(ゆる)されないんだわ……
和子はそっとため息をつく。
――でも我慢(がまん)するのよ、我慢するのよ、和子、おまえはやっかい者なんだもの……
そうつぶやくと、だれにも見せられない涙(なみだ)が、うっすらとその目ににじむのだった。

落ちていたファイフ

朝食をすませると、まだ陽(ひ)がのぼりきらぬうちに、耕作は自転車に空(から)っぽの豆腐の箱をくりつけて家を出た。耕作はこの町で一番大きな豆腐屋で朝のうちは製造(せいぞう)の手伝いをし、作った物を昼から自転車で売りに出かけるのだ。耕作が出かけて行くとまもなく、イネもエプロンの入ったふろしき包みをもって家を出る。ふだんの日ならそれと同時に和子も学校へ出かける。だがいまは学校は春休みなので、和子はイネのかわりに洗濯や掃除をしなければならない。石崖寄りにアヤ子の家と共同で使っている井戸がある。洗濯機はないし、イネが水道料節約のために井戸のそばの柳の木の下に据えたタライで、洗濯をはじめた。アヤ子の家からまた、ド・ド・ミ・ド・レ・レ・ファ・レが聞こえてくる。ときどき音程がくるう。

「ほら、またくるった！　また、また！　ダメだなあ、ねえちゃんは……才能ないんだからいいかげんにあきらめたほうがいいんじゃないか」

アヤ子の弟の銀二がいう声が聞こえてくる。

「なによ、生意気いわないで。自分こそ音痴のくせに……」

「なにいってんだ。そっちが音痴なんじゃないか」

「なによ。音痴はあんたよッ……」

「チェッ、音痴の上にヒステリーときてら……かなわねえな」

「なんだって、もういっぺんいってごらん」

ドタドタと音がして、ハダシのまま銀二とアヤ子が表へとび出してきた。

「まあ、アヤちゃん！　どうしたの。およしなさいよ」

和子はいったが、アヤ子はむちゅうで、

「待てえーッ」

とさけびながら、路地を走りぬけて行ってしまった。見るとアヤ子の走って行ったあとに、ファイフが落ちている。和子は濡れた手をふいてそっとそれをひろった。まえまえから一度でいい、吹いてみたいと思っていた笛だ。音が出るようになるまで、アヤ子はずいぶん苦労していたようだが、手にもってながめていると簡単に鳴りそうな気がする。和子はそっとファイフにくちびるをあてた。静かに息を吹きこむ。と、ファイフは応えるようにやさしく、ピイと音を出した。

「まあッ、鳴ったわ、鳴ったわ、天才よ、すごい、和ちゃん、天才……」

いつのまにもどってきたのか、突然、うしろでアヤ子がさけぶようにいった。

「あたしなんか音を出すだけで三カ月もかかったのよ！　奇蹟だわ！　奇蹟よ、和ちゃん！…」

アヤ子はすっかり興奮していった。

「和ちゃん、鼓笛隊に入りなさいよ。あたしが筧さんにたのんでみるわ。ね、いいでしょ。そうなさい。さあ、きめたわよ」

せっかちはアヤ子の癖だ。自分勝手にすっかりきめてしまった。筧さんというのは、鼓笛隊のファイフ部の主任である。この町の「大通り」と呼ばれている商店街の裏手にある学習塾の娘で、三年前に高校を卒業したあと、父を助けて塾の低学年の生徒を受け持っている。

「でもダメよ、アヤちゃん。だいいち、おじさんが知ったらどんなにしかられるか……」

和子はいったが、アヤ子はとりあわない。

「和ちゃん、いくら世話になってるからって、そうそうおじさんに遠慮ばかりしてる必要はないわ。和ちゃんはおとなしくていい人だけど、少し引っこみ思案で元気がなさすぎるわよ。悪いことといわないから鼓笛隊に入って、もっと積極的に信心するのよ。そうすれば和ちゃんはもっとすばらしい女の子になれるわ。いいたいことをはっきりいえる人、正しいと思ったことをやれる人、明るく、生き生きした人間になるのよ。わからず屋のおじさんなんか、この際、ほっとくのよ」

「そんなこと、できないわ」

「できないと思ってもやってみるのよ。そうしたらきっといいほうに道が開けてくるわ」

「そんなこと、アヤちゃんは人のことだと思っていいかげんなことをいうけど……」

「ダメ、ダメ、だから和ちゃんはいつまでたっても、クヨクヨしてなきゃならないのよ、いいからあたしにまかせなさい」

アヤ子はそういうと、井戸端で裸足の足を洗い、さあ忙しくなったといいつつ、どこかへ出かけて行ってしまった。

——早見は音楽家になればいい——

アヤ子がいってしまうと、和子は小学校のとき担任の安田先生がいった言葉を思い出した。和子は学校で親しい友だちというものもなく、勉強にも身が入らず、そうかといって元気に遊びまわるというわけでもなく、いつもしょんぼりと一人で教室のオルガンを弾いているのが好きな女の子だった。だれに教えられたというわけでもないのに、音を探りさぐり、すぐいろいろな曲が弾ける。伴奏も和音で入れることをいつかおぼえた。ある放課後、音楽室のピアノにむかって、勝手に作った曲を弾いていると、いつのまにか安田先生がうしろに立っていて、弾きおわった和子にむかっていった。

「早見、その曲、なんというの？」

「でたらめに作ってみたんです、自分で」

「自分で？」

安田先生はホウ、というふうに目を丸くし、

「早見は音楽をやるといいな。そうすればきっと自信がついて元気な女の子になるよ」

と励まして(はげ)くれたのだった。実際、和子は音楽が好きだった。歌うのも好きだが、楽器ならなんでも大好きだった。

――あたしも鼓笛隊に入りたい……

口には出さないが、いままで何度そう思ったかしれない。お父さんやお母さんが生きていてくれたら……かわいがってくれる耕作にうらみがましい気持ちをもつのはそんなときだった。おじさんが本当のお父さんだったら、遠慮なんかしないで、わがままを通してしまうだろう。みんなは和子を素直(すなお)な、おとなしいいい子だという。みんなはそれを、〝ほめ言葉〟としていう。だれもその素直さやおとなしさのかげにある和子の悲しみを知らないのだった。

アヤ子がむりやりに和子を筧葉子(ようこ)の家へ連れて行ったのは、それからまもなくである。春休みなので学習塾は休みで、生徒のいない教室に、五人ばかりの鼓笛隊員(たいいん)が集まって、ファイフの練習をしていた。

はじめて会う筧葉子は背の高い、眉(まゆ)のこい美しい人だった。

「あなたのことは、前から西田さんからよく聞いていましたわ」
葉子は親しみやすい笑顔で和子を見ながらいうと、チョークを取って黒板にこう書いた。

——太陽のように明るく、月光のごとく清らかな鼓笛隊たれ——

葉子はいった。

「これはね、池田先生がわたしたち富士鼓笛隊員にくださったお言葉なのよ。わたしたちはただの音楽好きだったり、ただ鼓笛隊にあこがれているだけではいけないと思うの。音楽を通してわたしたちのささやかな力を、日本の国をよくすることに役立てようという目的にむかって進まなければならない——よくって？　鼓笛隊は厳しいですよ。練習は好きなとき、暇なときにやればいいというものじゃないのよ。どんなことがあっても毎日、一時間は練習すること。それと同時に勉強がお留守になったりしないこと。もし鼓笛隊に入ったために学校の成績がさがったりするようなことがあればやめてもらうかもしれないのよ……。それからもう一つ、大事なことは勤行をおこたらないこと、この三つを必ず守ること。それを約束できる？」

和子は葉子の顔を見つめたまま、いつのまにか深くコックリしてしまっていた。アヤ子に引きずられるようにしてここへくるまでのあいだ、いや、この教室の片すみに葉子とむき合ったときも、まだ和子は鼓笛隊へ入ることを決心していたわけではなかったのだ。

だが、葉子の話を聞いているうちに、和子の中に、ふしぎな力のようなものが生まれてきたのだ。和子は葉子にむかって、

「よろしくおねがいします」

きっぱりそういってしまっていた。

「あたし、やるわ。やります。一生懸命に」

いままでになかったような、強い口調で和子はいった。そのときの和子の頭には、耕作のこともイネのことも、ファイフを買う金がないことも、ふしぎに思いうかばなかったのである。

アヤ子の策戦

それからまもなく、和子のもとに、正式に鼓笛隊員の許可がおりたという伝言があった。練習は四月の第一日曜日の夜からはじまるという。中学生の鼓笛隊員はまだ

ほとんどいないのだが、和子の場合は試験的に採用することになったのだとアヤ子はいった。

二、三日前から降りつづいた雨がやっとあがったと思ったら、冬にもどったように冷えこみの厳しい三月の末日である。耕作はこの数日来の冷えこみで左足の傷あとが痛み出してきげんが悪いのだ。足が痛むと耕作は商売を休む。耕作が商売を休むとイネのきげんが悪くなる。イネのきげんが悪いので耕作のきげんはますます悪くなる。するとイネのきげんの悪さもいっそう輪をかけていくということになり、和子はその間にはさまってハラハラしていなければならないのだ。

「どう？　和ちゃん、おじさんに話した？」

明日は練習があるという日、アヤ子は和子を井戸端に呼び出してそっと聞いた。

「それがまだなのよ。このあいだからおじさんの足が痛むので、きげんが悪くて……」

「ダメよ、あんなダルマさんのきげんをいちいち考えて遠慮してたら、なにもできないわよ、和ちゃん」

とアヤ子はあいかわらず気が強い。

「そんなことというけど、うっかり話して、なにもかもダメになってしまったら困るじゃないの、おじさんはカッとなると、なにをいい出すかわからないわ。アヤちゃんのお父さんとケンカしたように、寛さんのところへどなりこんで行ったりしかねないわよ」

「それは困るわ。寛さんに迷惑かけることはできないわ」

「でしょう？　だから、あたし、困ってるのよ」

「まったくやっかいなダルマさんねえ」

アヤ子はため息をついたが、やがて決心したようにいった。

「よし、かくなる上は、策戦をもちいるよりしょうがないわね」

「策戦って？」

「おじさんにちょっと、だまされてもらうのよ」

「だまされてもらう？」

「そうなのよ。なるべくなら正々堂々とやりたいところだけど、この際、しかたがないわ。大石クラノスケだって、目的のためには奥さんまでだましたっていうでしょ」

アヤ子は低い竹垣をまたいで、耕作がこたつに入っている部屋の障子に近づいた。

「おじさん、おじさん、ごきげんいかが？」

「なんだ、ガンモのアヤ子か、なんの用だ」

と、きげんの悪い耕作の声がいった。

「いやに猫なで声を出すな、なんだい」

「あのねえ、おじさん、やさしいおじさん、今夜、和ちゃんをお借りしたいのよ、いけない？」

「お借りしたい？　アヤ子にしちゃ気のきいた言葉を使うじゃないか。いったいなんの用だ」

「あのねえ、筧さんっていう学習塾へ和ちゃんを連れて行くのよ」

「学習塾？　なんのためだい、そりゃ……」

「和ちゃんももう中学二年生でしょ。これからの若者にとってもっとも必要な学問はなにか！　おじさん、なんだと思う？」

「そうだな、ええと……なにかな。オレは学問のことをいわれると頭が痛くなる」

「教えてあげるわ、英語よ。おじさん、英語――」

「へえ、英語――」

「これからの日本は世界にむかってあらゆる面で伸びていかなければならないでしょ。そのためにはなんといっても英語が必要なのよ」

「なるほど」

「それで和ちゃんとあたしは相談して、寛さんのところで英語を特別に教わることにしたの」

「へえ、いつのまに和子のやつ、そんな相談を……」

「和ちゃんは、おじさんやおばさんにいい出せないで困ってたのよ。つまり、英語を習うとなると、あのう……その……つまり……」

「つまり？　なんだ」

「月謝よ、おじさん」

「そうか、月謝がいるのか」

耕作はいった。

「いくらだい、月謝は？」

障子の外で和子とアヤ子は顔を見合わせた。アヤ子はいった。

「三百五十円なの」

「三百五十円？　えらい安い月謝だな。一カ月分かい？」

「ううん、ずーっとよ」

「ずーっと？」

「そう、はじめに三百五十円はらえばそれでいいの。寛さんが特別、サービスしてくれるのよ」

「へえ、サービスつきか。コンニチ屋のたい焼きみたいだな。二百円以上買えば一割引きだ」

耕作はいった。

「それにしても和子はそんなことも自分じゃいえないのか」

「遠慮してるのよ、和ちゃんは。和ちゃんはホントにおじさんのことを思ってるのよ。おじさんが足が痛くて商売を休んでるときに、英語の月謝だなんていえば、おじさんのハゲ頭から怒りの煙がモクモクと……」

「なんだ？　なにがモクモクだって？」

「いえ、なに、こっちの話」

アヤ子はペロリと舌を出して、和子にむかってウインクしながらいった。

「おじさん、英語の勉強はきょうから毎週、日曜日の夜だから、そのつもりで和ちゃんを出してあげてね」

「いいともさ、三百五十円で英語がうまくなるなんてありがてえ話だ。和子のやつ、どこへいったんだろう。アヤちゃん、和子を捜してすぐくるようにいってくれないか。おばさんが帰ってくるとうるせえから、早く夕飯を食って、おばさんの帰ってこねえうちに出かけたほうがいい」

和子は障子のかげで思わずうつむいた。おじさんはなにも知らない。なにも知らないでだまされている――。

「おじさん、和ちゃんはここにいるわよ」

「なんだ、そこにいたのか、さあ、和子、障子をあけな」

和子が障子をあけると、耕作は毛糸の腹(はら)まきの中から大きな財布(さいふ)を取り出して三百五十円出した。

「さあ、三百五十円だ。一生懸命に勉強するんだぞ」

和子は胸がいっぱいになった。

「おじさん……ありがとう……おじさん……」

「なんだい、大げさな声を出すなよ」

和子は三百五十円を手の中ににぎった。おじさんが不自由な足で、豆腐やガンモドキを売って作った金だ。

――ごめんなさい、おじさん……。

胸の中でそういうと、ポロリと涙が頰(ほお)をつたわった。

第二章　和子の苦しみ

ファイフが鳴らない

静かな銀色に光るファイフ。

しっとりとつめたくて、手の中にひっそりと重たさを落とすファイフ。

おじさんが、英語がうまくなるようにと出してくれたお金で買ったファイフ。

生まれてはじめてついたウソで買ったファイフ。

そのファイフがいま、和子の手の中にある。遠慮しながらアヤ子に借りてそっと吹かせてもらったファイフではなくて、「和子のファイフ」がここにある。まるで幸福の象徴のように、希望のように和子の手の中で光っている。

和子は夢のような気持ちで、それを見つめていた。小さな胸の中で喜びが泡立っている。サイダーの泡のように胸の底からプツプツとあがってきては、のどもとではじけてひろがる。

はじめての練習日、筧葉子は和子にファイフの持ち方を教えてくれた。それから歌口にくちびるをあてがうときのあてがい方を指導した。

――くちびるを横に引き、上下のくちびるには力を入れずに軽く閉じ、まん中から細く息を出す……

――歌口を下くちびるに軽くあてる……

――英語の〝TU―〟と発音するようなつもりで舌をうしろに引くと同時に息を吹き出す……

和子は葉子にいわれた通りに息を吹き出した。

――鳴らない……

和子はびっくりした。鳴らない。もう一度やった。鳴らないのだ。いつか井戸端でアヤ子のファイフを鳴らしてみたときは、思いがけない音が出た。だが、いまは出ない。なんとしても出ない。どういうわけだろう？　いくら息を吹き入れてもファイフはスウスウいうばかりだ。あのとき井戸端で鳴ったあの音は、ただのはずみだったのだろうか……

最初の練習の日以来、和子は毎日ファイフと格闘していた。鳴らない。なんとしても鳴らない。和子がムキになればなるほど、ファイフはますますイコジになって音を出すまいとしているようだ。

「あせってはダメよ。心を落ち着けて、そうしてお題目を唱えるのよ」

アヤ子は先輩ぶっていった。和子のつらいことは練習時間が思うように取れないことだ。なにも知らない耕作は、思い出したように聞いた。

「どうだい、英語は？　少しはうまくなったかい。ちょっとしゃべってみてくれ。そうだな、隣へむかってこういってみてくれよ。——このウスハゲ野郎のペラペラオヤジ。くやしかったら英語で返答しろい……」

和子がおじさんにウソをついていたということを知ったら、おじさんはどんなに悲しむだろう。それが和子にはなによりもつらいことだ。おじさんに怒られるよりももっとつらい。だがいまとなっては和子はもう、引くに引けない気持ちだ。ファイフの音が出るようになるまでは、どんなことがあってもウソがばれないようにしなければならない。耕作に知れたら、その日のうちにファイフは捨てられてしまうだろう。

中学二年の新学期は、これまでとおなじように和子にはあまり楽しいものではなかった。二年になって組かえがおこなわれたが、あいかわらず引っこみ思案の和子には友だちがないし、先生ともなじめない。和子と親しくなろうとして近づいてくる同級生がいても、和子のほうから逃げるようにして避けてしまう。和子は親しい友だちができて、和子の家庭の事情などをいろいろ聞かれるのがいやなのだった。和子は親なし子でおじさんが豆腐屋をし、おばさんが家政婦をしていることをだれにも知られたくない。だから和子は学校の帰りなど、耕作のラッパの音が聞こえてくると、いつもあわてて逃げるようにそのへんの横丁をまがってしまうのだった。

ある夜、和子が耕作と遅い夕食をしていると、大きなふろしき包みを両腕にかかえたイネが、いそいそと帰ってきた。

「さあ、これを見てごらんよ、こんなにたくさんのいただきもの……どこからいただいたと思う?」

イネは台所をあがってくるなりそうさけぶと、いつにない上きげんでいった。

「きのうから働きにいってる坂上のお宅でねえ。きょうは奥さまの片づけ物を手伝っていたんだよ。そのうちに話がはずんで、よく聞いてみたら、なんと、そこのお嬢さんと和ちゃんとはおなじ組らしいことがわかったのよ……」

「まあッ、ホント? おばさん……」

「葉山さんってのよ。知ってるかい、和ちゃん……」

「葉山さん……まあ! じゃ葉山かおりさんの……」

「そうそう、かおりお嬢さんだよ。きれいなお嬢さんでねえ。奥さまもおきれいな方だけど、やさしくてねえ。和ちゃんとお嬢さんが同級生らしいってことがわかったら、あれもあげるこれもあげるって……ほら、こんなにいただいちゃったんだよ」

イネはうきうきと、ふろしき包みをといていった。

「ほら、このスカート。こんな上等な物を、もういらないっておっしゃるんだからねえ……。お嬢さんはすらっとしていらっしゃるから、すぐ小さくなってしまうっていうけど、和ちゃんは背が高くないからちょうどいいと思っていただいてきたのよ。これをごらんよ、和ちゃん、すてきなカーディガンだろう、買えば三千円も四千円もするよ、きっと……」

イネはうかぬ顔をしている和子をジロリと見ていった。

「和ちゃん、明日学校へいったら、かおりお嬢さんによくお礼をいうのよ。わかってるね」

「バカヤロウ、礼なんかいうことはない！」

耕作はどなった。

「べらぼうめ、古着をくれるなんて、とんでもねえやつだ。人をなんだと思っていやがる、だからオレは金持ちは嫌えなんだ……」

「なにいってるんですよ。えらそうなことばかりいったって、葉山さんに毎日、お豆腐買ってもらってるのはだれなのよ。旦那さまがいい方だからこそ、わたしたちを贔屓してムリに毎日、お豆腐を食べてくださってるんだよ……」

「なにいいやがる。毎日豆腐を食うのはむこうの勝手だい。だから葉山の旦那はだんだん豆腐に似てきた……」

「なんですよ、えらそうなことをいったって、あんたの働きじゃあ、和ちゃんにこのブラウス一枚だって買ってやれないじゃないのさ……」

和子には耕作が怒る気持ちもわかるし、またイネの気持ちもわかる。和子はどうすることもできなくて、ただこまりきって泣きたくなった。イネはかおりのおさがりの靴下を和子にはけという。和子はいやということができない。だが心の中ではいやだと思う。いやといいたいと思う。だがそれをいえないのは、自分はこの家のやっかい者だと思うからだった。

翌日から和子はなるべくかおりに近づかないように用心していた。かおりはクラスで二番目に背が高いので、小柄な和子とは席が遠く離れている。それにかおりはいつも五、六人の友だちにかこまれていて、明るい笑い声やにぎやかなおしゃべりにとりまかれているのだ。

和子にはそんなかおりのそばへ近づいて行って、「靴下をありがとう」などとはとてもいえない。それよりも和子は、このことがいつ、かおりの口からクラスにひろまるか、ビクビクしながら学校へ行く。むこうのほうでクラスメートたちが集まってなにかひそひそと話をしているのを見ると、和子の噂をしているのではないかと思ってしまう。

「早見さん」

ある日、学校から帰ろうとすると、校門のところで和子はうしろから声をかけられた。ふり返ると同級生の伊東ミチが小走りに寄ってきた。

「早見さん、葉山さんたちが変なことをいっているわよ、知ってる?」

「葉山さんが?」

和子は思わず顔色をかえた。

「なにも知らないけど、聞きたくない」

そういい捨てて急ぎ足に立ち去ろうとすると、伊東ミチは追いかけるようについてきながらいった。

「早見さんのお母さんって、舌切雀のよくばりばあさんみたいな人よ、っていってるの」

「よくばりばあさん?」

「そういってるのよ。ウンウンいいながら大きな荷物を背負(せお)って帰るって……なんのこと?」

「知らないわ、そんなこと……」

和子の声は思わずふるえた。

「お母さんだなんて……ちがうわ、あれはおばさんだわ。あたしのお母さんは……ずっと昔にもうこの世からいなくなっている……」

そういうなり和子は耳をおさえて走り出した。

「待って、早見さん……どうしたの……」

伊東ミチの声をふり切るように和子は走って角をまがった。次をまがり、また次をまがる。どこを走っているのかわからぬまま和子はむちゅうで走った。

——お母さんじゃない……お母さんなんかじゃない……お母さんなんかじゃない……

和子は口の中でそうくりかえしながら走った。どこからかラッパの音が聞こえてくる。耕作の豆腐売りのラッパだ。ラッパはかん高く春の空にひびきながら、だんだん近づいてくる。

「トーフィ、ガンモドキにナマアゲェ……」

ラッパの合い間にそんな呼び声を入れるのが耕作の癖だ。道のむこうにチラと耕作の自転車が見えた。あっと思ったとたん、耕作の嬉しそうな声がひときわ高く、あたりにひびいた。

「いよゥ！　キヌゴシさんのおかえりィ……」

とけない誤解

いつか四月はすぎようとしていた。

和子のファイフはまだ鳴らず、アヤ子はあいかわらず音程をくるわせては葉子にしかられている。

「あなたたち、ファイフにむちゅうでおつとめをなまけてるってことはないでしょうね。学校の勉強もきちんとしている？」

葉子のいうことはいつもきまっている。

「するべきことをしないで、ファイフの技術ばかり上手になってもしかたないのよ」

「やってるわ。そんなこと、いちいちいわれなくても、ちゃんとやってます！」

このごろアヤ子はイライラしていて、葉子にむかってもけんのあるもののいい方をするようになった。

「そんなことより、どうしたら音がくるわないか、それを教えてくれればいいのよ」

だが葉子はそんなアヤ子のつっけんどんないい方にはとりあわず、

「ダメダメ、そんなこわい顔してたんじゃ、音色のほうで出ようと思っても引っこんでしまうわよ」

「この顔は生まれつきなんだからしかたありません。どうせ、あたしの顔はガンモドキです」

「あらそうかしら。そんなことはないわ。西田さん、あなたがゆったりした気持ちでいるときの顔はとても愛らしいいい顔よ。いつもその顔で吹けば、ファイフだって喜んでいい音を出してくれると思うわ」

葉子はそういって笑うと、和子を見ていった。

「和子さんもね、熱心なのはいいけどカーッとなったらダメよ」

学校から帰ると、和子はすぐにファイフをもって家を出た。内緒で買ったファイフだ。いくら耕作やイネが留守でも、家で練習するのはなんとなく気が引ける。和子は坂をのぼって住宅街を通りぬけ、バス通りをつっきってドブ川に沿って歩いて行く。

そこはもうT町ではなくてK町のはずれである。ここならば耕作も豆腐を売りにこない。雑木林のある高台の一隅になんという名かわからないが小さな神社がある。鳥居をくぐってから五十段ばかりの細い石段をのぼると、都会のさわがしさから忘れ去られたような静かさがあたりをつつんでいる。石段の上から遠くT町の一部とK町が見わたされる。

和子はその石段のとちゅうに腰をおろしてファイフの練習をした。

――アイウエオのエの感じでくちびるをあてる。

――上の歯に舌を押しつける感じで吹く。

和子の頭の中で、葉子の声がいった。

「いいこと？　トゥよ、TUよ、トゥ・トゥ・トゥ……」

和子はくりかえした。

「トゥ・トゥ・トゥ・トゥ……」

和子はその呼吸でファイフを吹いてみる。だがファイフはただスウスウとむなしい音をたてるばかりだ。和子はあせる。くちびるが痛くなる。顔に血がのぼり、耳の奥がガーンと鳴り始める。葉子はカーッとなってはいけないといったが、こうも音が出ないと、もう平気で落ち着いているわけにはいかない。

そのとき、和子のうしろから、突然、話しかけた者がいる。

「管の中へ息を吹きこもうとしてはいけない。息は必ず歌口にあたって一部は管の中、一部は外に出るようにするんだ」

びっくりしてふりかえると、石段の上に赤犬を連れた背の高い高校生が立っていて、生まじめな表情で和子を見おろしていた。

「硬くなってはいけない。力んではダメなんだ」

高校生はポカンと立っている和子のほうへおりてくると、貸してごらん、というようにいきなり手をさし出した。和子がファイフをさし出すと、それを受け取って口にあてた。ファイフからは静かに「荒城の月」が流れ出る。すばらしい音色だ。和子がぼんやり聞きほれていると、やがて曲はおわって、高校生はにっこりとファイフを和子に返した。

「おとといもきてたね。その前も……とっても熱心なんだね。感心してたんだ」

そういうと高校生は、

「ロン！」

と赤犬を呼んで石段をおりて行く。

「もうひとふんばりだよ。がんばりなさい」

彼は石段のとちゅうでふりかえると、一言そういって、あとはいきおいよく石段をかけおりて行ってしまった。

――あせってはいけない……力んではいけない……硬くなってはいけない……

その日以来、和子はファイフを取り出すたびにおまじないのようにその言葉をつぶやいた。すると和子の中に、いままでになかったゆったりした気分がわきおこってきて、頭にのぼった血を鎮めてくれるような気がするのだ。

五月はじめの静かな雨の降る夜のことである。二、三日来の雨つづきで、神社へファイフの練習にいけなかった和子は、耕作とイネが寝るのを待ってそっとファイフを取り出し、静かに息を吹き入れてみた。まる一カ月鳴らなかった笛だ。まさかこんな夜、よりにもよって耕作とイネの寝ている隣の部屋で、いきなり音を出すとは夢にも思っていなかった。だがファイフはそのとき、突然、思いがけない澄みきった音色で、やさしくピイと鳴ったのだった。

「あッ……出た……」

和子は思わず声をあげ、それから息を呑んだ。隣室から眠そうな耕作の声がいった。

「なんだ。なにが出たんだ、和子……」

和子は答えることができない。耕作のことよりも、ファイフが鳴ったことのほうが和子には重大だ。いまの要領を忘れないうちに、と、むちゅうでもう一度吹いた。

ファイフはまた鳴った。

「なんだ、なんの音だ。ありゃ笛じゃないのか」

耕作がイネにいったが、その言葉はもう和子の耳には入らない。つづいて吹きつづけると、いきなりガラリと襖が開いた。

「なんだ、和子、なにをしている」

立ちはだかった耕作の大きな目玉が、仁王のように上から見おろしてどなった。

「和子、そのうしろへかくした物を前へ出してみろ」

おずおずとさし出す和子の手の中の物を見て、耕作はいった。

「アヤ子の笛だな。借りたのか」

「……」

「借りたのなら正直にそういえばいい。なにもかくすことはない……」

和子はだまってうつむいたままである。

「借りたのか？　え？　どうしたんだ。なぜはっきりいえないんだ」

耕作の見幕にイネもおき出してきた。

「どうしたのよ、和ちゃん、借りたのなら借りたっていえばいいのよ。別にたいしたことじゃないじゃないの……」

「……」

「和ちゃん……あんた、まさか……」

突然、イネは頓狂な声をあげた。

「まさか、和ちゃん……アヤちゃんの笛をだまってもってきてしまったんじゃ……」

「なにい、だまって？……それじゃ盗んできたことになるじゃないか……」

イネは変にあらたまった声を出した。

「和ちゃん、かくさずにいってごらん——」

イネのその言葉に、思わず和子は顔をあげた。

「おばさん、あんまりだわ……おばさんはあたしがそんな、……ひどい……ひどいわ……あんまりだわ……」

「じゃあその笛はどうしたの、そんなにいうなら、説明をすればいいじゃないの。さあ、いってごらん……」

「まあまあ、イネ、そう興奮するな」

かえって耕作のほうが冷静になってイネをなだめると、

「とにかく、今夜はもう遅い。明日のことにしよう。和子はもう寝なさい」

そういってイネをうながすと、耕作はファイフをもって、隣室との襖を閉めてしまった。

和子は夜通し、浅い眠りしかとれなかった。和子はおじさんが好きだ。おじさんはすぐにどなったり、人とケンカしたりするあらっぽい人だが、本当は無邪気な心のやさしい人なのだと和子は思っていた。しかしこういうことがおきると、死んでしまった父や母のことを思わずにはいられない。もし本当の父や母がいたら、こんな事件などおこりはしないだろう。本当のお父さんやお母さんなら、和子を疑ったりしないだろうし、和子もまたいいたいことをかくしたりはしないだろう……

翌朝、和子はいやな気持ちで浅い眠りから目をさました。今朝もアヤ子のファイフの音が聞こえる。

「おい、イネ、ありゃアヤちゃんの笛じゃないか」

耕作がいう声が聞こえ、ガタピシと雨戸があけられた。

「おはよう、おじさん」

なにも知らぬアヤ子の、のんきな声が挨拶をした。

「アヤちゃん、ちょっとその笛、見せてみな」

「なあに？　おじさん、これを吹きたいの？　ムダよ。いくら吹いたって、豆腐ラッパのようなわけにはいかないわよ」

「そうじゃねえんだよ。アヤちゃんのその笛は、アヤちゃんの笛か?」

「なにいってるの、これあたしのファイフよ」

「うーん、じゃあ、和子のやつ、これをどこから……」

耕作は昨夜のファイフを取り出してアヤ子に見せた。

「これは、和子がもってたんだが、アヤちゃんのじゃなかったんだね?」

「ああ、これ――」

アヤ子はこともなげにいった。

「これ、あたしが和ちゃんにあげたのよ」

「あげた?」

「そうよ。あたしのファイフがあまり上手なんで、ある人がもう一本プレゼントしてくれたの。でも笛吹く口は一つでしょ。口一つに笛二本なんていらないの、それで和ちゃんにあげたのよ」

「和子にやった……うーん」

耕作はうなった。ちょうどそのとき、仲の悪いアヤ子の父が顔を洗(あら)いに井戸端へ出てきたからである。

「アヤちゃん、せっかくだが、この笛はもらうわけには行かねえ」

耕作はわざとアヤ子の父に聞こえるようにいった。

「人から物をもらうほど、この早見耕作はおちぶれていねえつもりだ。おい和子、おまえが笛がほしけりゃ、おじさんが買ってやる。人になんかもらうな」

耕作はそういうと、窓からアヤ子にむかってファイフをつき出した。

「さあ、アヤちゃん、もってってくれ。創価学会の笛なんか、オレのかわいい姪に吹かすわけにはいかねえんだよ」

石段での激励

翌日、学校の帰りに和子は一人であのK町の高台の小さなお宮へいった。石段の中ほどに腰をかけて、ぼんやりと初夏の光にキラキラ光っている町々の屋根のつらなりを見ていると、ひとりでに涙があふれて膝の上にしたたった。

——もし本当のお父さんやお母さんだったら……

思うことはまたしてもそのことだ。ああ、あたしはまた泣いている。どうしてあたしって、こんなに泣き虫なのか……そう思うと自分があわれでよけいに涙が出てくる。その涙をふくハンカチ、それはイネが葉山かおりの家から、古いブラウスや靴下などと一緒にもらってきた物だ。学校ではもうすっかり、和子のおばがかおりの家で家政婦をしていることが評判になってしまった。

きょうも学校で和子はおしゃべりの伊東ミチからこんなことをいわれた。

「早見さんのハンカチ、見たことあると思ったら、かおりさんのとおそろいね」

はっとした和子が返事できずにいると、前の席にいた高橋幸代がふり返って行った。

「あら、K・Hのイニシャルまでおなじ……葉山かおり……早見和子……偶然とはいえおなじイニシャルでよかったわねえ……」

和子の耳の中にはまだその声がひびいている。――おなじイニシャルでよかったわねえ……そうしてわっと笑ったかん高い笑い声……

和子はいきなりハンカチを丸めて石段の下へ投げた。ハンカチを捨てれば、あふれる涙はなにでふけばよいのか。

そのとき、和子の耳にかすかに口笛の音が聞こえてきたかと思うと、石段の下からいきおいよく赤犬がかけあがってきた。

「ロン！　ロン！」

あの声だ。いつかの高校生の連れていた犬だ。和子はあわてて立ちあがると手のひらで頬の涙をふいた。犬のあとから、あの高校生の日焼けした顔がのぼってきたからだ。

「やあ、こんちは……」

高校生は和子を見てそういうと、

「どう？　ファイフのほうは？」

と白い歯を見せて笑った。

「もうそろそろ鳴るようになったころだと思ってたんだけど……鳴った？」

それから高校生は和子の目尻に光る涙に気がついて、びっくりした顔になった。

「どうしたの？」

高校生は心配そうに眉をひそめると、あらためて和子を見た。

「ファイフはどうしたの？　きょうはもってきてないんだね？」

「ファイフ……もう……ないんです……」

和子はいった。それだけいうと、新しい涙がどっとあふれ出た。

高校生の名は大場正治といって、駒谷高校の三年生だといった。和子がこの石段でファイフの練習をしているのを、ずっと前から知っていた。正治はもうそろそろ大学受験の勉強をはじめているが、勉強の合い間に「頭に風を入れるために」犬を連れて散歩に出る。

「ぼくはもともと、あまり頭のいいほうじゃないんだよ。だから、ときどき頭に風を入れないと、いくら勉強してもムダになってしまうんだ。それに気がついてから、風を入れながら勉強するようにした。すると、じつに能率があがるんだな」

正治はそんなことをいった。

「そうしたらさ、ちょうど、ぼくとおなじような風通しの悪い状態で、ムキになってファイフを鳴らそうとしている女の子がいた。それが君だよ」

正治はからかうように笑ってから、突然、

「君は学会の人だね？　鼓笛隊員だろう？」

といった。

「まあ、どうしてわかったの？」

「ぼくの妹もこのあいだ鼓笛隊に入ったばかりだからさ。学会の鼓笛隊にはいりたての女の子っていうのは、ふしぎとみんなおなじような、ムキな顔つきをしているんだ。妹もムキになってドラムをたたいている。その顔が君とそっくりだったのさ」

正治は学会の音楽隊のフルートのパート長だったのだ。学会の音楽隊の人ときいて、和子はなにもかも正治に話す気になった。

「うーん、そうか。それはたいへんだなあ、えらいなあ……」

　正治はそういいながら熱心に聞いていたが、やがてなにか心にきめたようにきっぱりといった。

「よし、そのことはぼくが解決しよう」

「あなたが?」

「そうだ。ぼくがおじさんを折伏しよう。だいたい、君がおじさんにかくれて信心しているなんてことはよくないやり方だよ。そんなのは本当の信仰じゃない。堂々とおじさんとわたり合って、おじさんを説き伏せるんだ。それくらいの気がまえでなくてどうする」

「だって、おじさんはそれはガンコな人なの。一度こうときめたことは、からだをヒキ肉にされて、コロッケに入れられてもかえないっていうのが口ぐせなんだもの」

「そんなことにへこたれるぼくじゃないよ。頭に風さえ通っていれば、モチはいいほうなんだからね……さあ、善は急げだ。これからおじさんに会いに行こうじゃないか」

「でも……」

「またでも……か。女の子ってどうしてすぐにデモ、デモ、っていうんだろう。デモダメなの、デモしかたないのよ……うちの妹もそうなんだ。デモ、デモ、デモ……そういいながらズルズル引きずられて行く。だから女はダメなんだ」

そういう正治の日焼けした額は、むこうの空を染めている夕焼けがはえて、正直な一本気な性格を表すように赤く燃えている。

「でも、これからいっても、おじさんはいないわ。いまごろはお豆腐を売って歩いてるから」

「またデモか。しかし、このデモはしかたのないデモだな。認めよう。そのかわり、近いうちに必ず君の家へ行く。そうだ、日曜日がいい。朝九時にここで会おう。そうして君の家へ行こう。日曜日は豆腐屋は休みだろ？　いいね？」

それから正治は急に厳しい顔になっていった。

「いいかい。おなじ信仰をするのなら、勇気のあるすばらしい信仰をしなくちゃいけないよ。君はまだ自分に負けている。つらいつらいと思ってるくせに、本当に救われようとは思っていないんだ。まず、そのデモ、デモを捨てること。いいね。約束だよ」

和子は正治の言葉に押されて、思わず深くうなずいた。

「約束します。あたし勇気を出すわ。もう泣きません」

「きっとだよ。じゃ、指切りしよう」

　正治は急に子供(こども)っぽい顔になって、小指で和子の小指をとらえるといきおいよく振(ふ)った。

「指切りげんまん、ウソついたら針千本(はりせんぼん)のーまーす！……」

　和子は少し元気が出て家へ帰ってきた。まもなくアヤ子がやってきていった。

「どこへ行ったの、和ちゃん」

「K町のお宮へ」

「ファイフもなしで」

　アヤ子はけげんそうにいうと、紙に包んだ物をさし出した。

「さあ、ファイフよ、こんどこそ、おじさんに見つからないようにしなくちゃダメよ。ダルマさん、プンプン怒って、こんど見つけたら、ドブの中へたたきこむっていってたから……」

「ありがとう。ごめんね、迷惑(めいわく)かけて……」

「せっかく音が出たんだから、がんばるのよ。どんなことがあってもここで打ち切るわけにはいかないわ」

「がんばるつもりよ、アヤちゃん」

和子は元気よくいった。

「きょうのあたしは、きのうまでのあたしと少しちがうつもり」

「へえ、どうちがうの」

「まずデモデモをやめるのよ」

「へーえ、デモデモを？　でもなによ？　そのデモデモって？……」

「デモデモはデモデモよ。そのうちにわかるわ」

「なんだかきょうの和ちゃんて、いつもとちがうのねえ」

アヤ子は首をかしげながら帰って行った。

第三章　ひそかな練習

夏休みの教室で

夏がきた。

学校では期末テストがやっとおわり、そのあとの開放感の中で夏休みの計画が話題になっていた。

「葉山さんはことしも軽井沢へ行くの？」

「そうよ。終業式の翌日に発つ予定。よかったらいらっしゃいよ」

「わーッ、すてき、行ってもいいの？」

「いいわよ。ことしは別荘を建て増ししたの。うちのママはにぎやかなのが好きなのよ。大歓迎するわ」

かおりがグループの連中とそんなことをいっている声が、和子の耳に入ってくる。

「お母さんもいらっしゃるの。じゃあ、留守番はどうするの？」

「パパの世話は家政婦のおばさんにたのむのよ。パパは土曜と日曜だけくるから……」

「あの家政婦さん？　あの人なら強いからだいじょうぶね。あの人だったら泥棒のほうでかえって身ぐるみぬいで行くんじゃない？」

わっと笑う声が廊下を行く和子を追いかけた。その声はわざと和子に聞かせようとしているように和子には思われる。夏休みを前にして、学校じゅうがなんとなく落着きをなくしてうき立っている。放課後、和子はその中から逃げるように校舎の裏をまわり、倉庫のうしろへいった。倉庫のうしろは、だれからも忘れられた小さな空地だ。運動部員が校庭のほうであげるかけ声やボールの音が、別世界のもの音のようにかすかに聞こえてくる以外は、なんの声も音もしない。和子は袋に入れたファイフをそっと取り出してながめた。

和子があの神社の石段のところへ行かなくなってからもう二カ月近い日がたってしまった。

そのあいだに、和子は音階が吹けるようになり、ト長調、ニ長調、イ長調をマスターしたし、ロングトーンやスタッカートも、アヤ子がびっくりするほど早く上達した。だが、それにもかかわらず和子の心は憂鬱だ。ファイフの練習に打ちこめば打ちこむほど、和子の心の隅にひっかかっているものが、チクリチクリと和子を刺すのである。

和子は正治との約束をとうとう破ってしまったのだ。日曜日の朝九時に、この石段のところで待っている、と正治はいった。デモデモはもうやめます、と和子は約束した。指切りげんまんウソついたら針千本のます、と指きりをして、和子は希望にあふれ元気になって家へ帰ってきたのだ。

……なのに、あたしは、やっぱりダメだったわ……

和子はとうとう、正治との約束を破って、約束の場所へ行かなかったのだ。天気の悪い日がつづき、耕作の左足は毎日痛んで、仕事にも出ず、イネとケンカばかりしているさまを見ると、和子はどうしても正治を耕作に会わせることができなかったのだ。耕作が正治と会えば、いままで和子がかくしていたこと、つみ重ねたウソが全部明るみに出てしまう。それを知ったら耕作はなんといって怒るだろう。いや、怒られることよりも、耕作は和子に裏切られていたことをなんといって悲しむだろう。そのときの耕作の失望を思うと、和子は約束の場所へ行くことができなかったのである。

約束の日がすぎてしまったとき、和子はもう正治に会うこともないにちがいないと思って少し泣いた。その日から二カ月近い日がすぎたいまでも、そのことを思うと胸がいっぱいになってくる。正治はロンを連れて口笛を吹きながらやってきたにちがいない。そうして、正治は待った。正治は和子がくると信じていつまでも待っていたのではないだろうか？　和子の目には、ロンを連れてしょんぼりと石段をおりて行く正治の後姿が見える。

――あたしはおじさんを裏切り、その上に正治さんも裏切った……

その思いはたえず和子の心を刺しつづけるのだ。和子はもう、あのお宮の石段でファイフの練習をするわけにはいかない。それで和子は放課後、学校の倉庫のかげで練習することを考えついたのだった。

夏休みに入るとイネは、葉山かおりの家へ泊まりこみでいってしまった。耕作が豆腐売りに出ていってしまうと、和子は大いそぎで学校へ出かけて行った。夏休みの学校はだれもいない。教室の机の中には、ファイフがかくしてある。ガランとした教室で和子はファイフを吹いた。いま、和子が練習しているのは四分音符と八分音符のまじった曲のリズム練習である。

和子がむちゅうでファイフを吹いていると、廊下に声がして、いきなり教室の戸が開き、同級生の男生徒が三人、ドヤドヤと入ってきた。三人ともクラスの新聞部員で、夏休み特集号の編集のために学校へきたのである。和子がびっくりして立ちあがると、三人のほうもギョッとしたように立ちすくんだが、中の一人がつかつかと近づいてきていった。

「なんだ。びっくりさせるなよ。早見（はやみ）くんか。なにしてるんだい、こんなところに一人で……」

するともう一人がやってきて、いきなり和子の手からファイフを取りあげた。

「笛じゃないか、これ、君の？」

「なぜこんなところで、笛なんか吹いてるんだよ？」

最後の一人がいった。彼（かれ）は大友（おおとも）金次といって、葉山かおりと机をならべていて仲がよい。三人は和子の答えを待つように、口をつぐんでじっと和子を見つめた。

「だまってないでなんとかいえよ。早見くん」

大友金次はいらだたしげにいった。

和子はだまったままじっとうつむいた。返事をしなければ、三人はいまに怒（いか）り出すにちがいない。大友金次は短気でケンカ早いので有名な男の子なのだ。しかし和子はなんといって説明すればいいのかわからない。なにかいわなければ、かえってあやしまれる、と思えば思うほど、なんの言葉も出てこないのだ。

「変なやつだなあ、かくさなくてもいいじゃないか。おい、なんとかいえよ」

金次はファイフの先で和子の腕をつついた。

「本当にこの笛は君のかい？」

三人がいっせいに疑い深い目つきになって和子を見た。

「ファイフの練習をしてたのよ」

やっと和子は小さな声でいった。

「ファイフ？　しゃれたいい方するなよ」

金次の目が意地悪そうに光った。

「豆腐屋の娘がファイフなんか習ってるのか」

三人は笑った。

「ラッパのかわりに笛を吹く気かい」

金次がいうと、また三人はどっと笑った。

「だけど、笛の練習するのになぜ学校へくるんだ」

チビの北村がいった。

「家でやりゃいいじゃないか」

「……」

「よう、どうしたんだよ」

「すぐにだまってしまいやがる」

「よし、返事をしないんなら、するまでこの笛はあずかっておく」

「あッ、大友くん」

思わず和子はさけんだ。

「返してちょうだい。いくらなんでもあんまりだわ」

「文句をいうときだけ口をきくってわけか」

金次はそういうと、伸ばした和子の手すれすれに、ファイフをポイと北村に渡した。

「あッ、返してったら……」

北村はそれを小国に投げる。小国は金次へ、金次は北村へ……

「おねがい。ふざけないで、返してちょうだい。小国くん……北村くん……おねがい……」

三人は面白がってファイフを投げ合いながら教室を走りまわった。

「あッ！」

四人の口からいっせいに声がもれた。小国の投げたファイフが北村の頭上を通りこして、教室の窓から外へとび出してしまったのだ。

四人が窓にかけ寄ると、窓の真下に一人の女生徒が立っていて、ファイフを手にして上を見あげている。

「だれよッ、あぶないじゃないの、こんなものを窓から投げるなんて……」

見るからに健康そうにはり切った赤い頬のあいだから、丸いあまり高くない鼻が上を見あげてどなった。

「あなたたち、二年生ね。おりていらっしゃい！」

「いけねえ、三年だぜ」

「三Aのクラス委員だ」

「いけねえ、逃げろ」

金次のひと声に、三人はあっという間に逃げて行ってしまった。

握手が痛い

和子は一人で下へおりて行った。そこは校舎と校舎のあいだのせまい中庭で、三年の教室へ行く近道になっている。和子がおりて行くと、三年生の女生徒は大きな目でジロリと和子を見ていった。

「あなた一人？　さっきのぞいてた男の子はどうしたの？」

「すみません――あの、いなくなっちゃって……」

「逃げたの？　卑怯な連中ね。女のあなた一人にあやまらせるつもりなの」

「すみません。それ、あたしのファイフだったものですから」

「そう」

三年生はファイフを和子にさし出していった。

「こういうものは大事にしなくちゃいけないわ。いったいなにをしたの？」

「あの、あたしがファイフの練習をしていたら、男の子たちが入ってきて、ファイフを取りあげて投げっこをしたんです」

「ファイフの練習を？」

三年生はじっと和子を見つめた。

「なぜ、学校へきてファイフの練習なんか……」

そういってから、ふと気がついたように、三年生はいった。

「あなた、もしかしたら、学会の鼓笛隊の人じゃない？」

「まあ……なぜわかります……」

「やっぱりそうね」

三年生は嬉しそうににっこりして、

「実はね、あたしも鼓笛隊のドラムに入ったの。この四月に」

「四月に？　まあ……じゃああたしとおなじだわ」

「あなたも四月から？　じゃ同期の桜ね。あたし、有木律子。仲よくしましょう」

有木律子は急に親しい口調になって手をさし出すと、和子の手をにぎった。

「あたしは早見和子といいます」

「おたがいにがんばりましょう」

有木律子はそういって握手の手を振ると、

「早見さん、あててあげるわ。おうちで練習できないから学校へきてやってるんでしょ？　どう？　あたった？」

「そうなの、でも、どうして……」

「だってあたしがそうなんですもん」

律子は笑いながらいった。

「うちで練習したら、たいへんなのよ。おじいさんはものすごい声でどなるし、父さんはバリカンでなぐるし……」

「バリカン？」

「理容師なのよ。うちの父さん……」

律子は和子を誘って風通しのよい水のみ場の桜の木の下にすわると、話し始めた。

律子の家はT町の大通りのはずれにある理髪店で、祖父、父、母、兄、姉、弟のいる大家族である。

父と母と兄の三人が理髪の仕事をし、姉は美容院の住みこみ見習いにいっている。三年ほど前は祖父も働いていたのだが、軽い脳溢血で倒れたあと、右手がきかなくなって仕事ができなくなった。それと同時に、近くに新しい設備のととのった大きな理容店ができたために、急に客足がへってきた。

「だから、おじいさんもお父さんも、年中イライラしてるの。お父さんは店の改装をしなくちゃダメだというし、おじいさんはおまえたちの腕が悪いからだ、って怒るし……だからあたしが練習台をたたくだけで頭にくるの。こんなときにのんきになにやってるってどなりつけられるのよ」

そんな家の状態をなんとかよくしようとして、母は創価学会へ入った。律子が学会へ入ったのも母のすすめにしたがったからである。だが祖父をはじめとして父も兄も母や律子が信心することに大反対をしているのだ。

いまでは家庭を平和にし、店を繁盛させるためにしたことが、かえって口論のもとになっている。母と律子が唱えるお題目の声が店に聞こえると、父はお客の頭をほうり出して、はさみをもったまま奥へ走ってきてどなるのである。

「たいへんなのねえ有木さんも……でもえらいわ。有木さんにはちっともカゲがないもの……」

「そうかしら、だとしたら、きっと、信心のおかげよ」

そういうと律子は和子にむかっていった。

「さあ、こんどはあなたの番よ。あなたの話を聞かせてちょうだい」

和子はなにもかもすっかり律子に話した。アヤ子にもいわなかった大場正治との約束を破ったことまで話してしまった。

「あたしってダメなのよ。なにもかも中途半端なの。自分でもいけないことがわかっているのに、いざとなるとダメなの。いいたいことがいえなくなるし、したいこともできなくなるの。ねえ、有木さん、教えてちょうだい。どうして、あたしはこんなにダメなのか……」

「そんなことむずかしくって、あたしにだってうまく答えられないけど、自分のことをああでもないこうでもないと考えてクヨクヨしている暇に、とにかくお題目をあげることじゃないの。御本尊さまにおねがいすることじゃないの。それ以外にあたしにはなにもわからないわ」

律子はいった。

「あたしは自分を不幸だなんて思ったことは一度もないわ。いまも幸せだけど、もっと幸せな日がくるってことをあたしは信じているわ。和子さんは信じていないから、いいたいことがいえなかったり、したいことができなかったりするんじゃないの？」

和子は律子を見つめ、目をそらして、ひとりごとをいうようにつぶやいた。

「幸せな日がくるの？　あたしにも？　ホントかしら……それ、信じていいの？　あたしみたいな者にもそんな日がくるの？」

「くるわよ。必ずきます」

律子は和子の手を取っていった。

「ありがとう、有木さん、ありがとう」

和子は急に胸がいっぱいになって、律子の手をにぎりかえした。すると律子は、突然とびあがってさけんだ。

「いたっ！　あんまり強くやらないで……」

律子が開いて見せた手のひらには、ドラムの練習のためにできたマメが赤くはれあがっていたのである。

その日以来、和子と律子は毎日学校で会った。律子は三年A組の教室で、練習台の上に乗せた雑巾をバチでたたいた。それが小太鼓の練習なのである。練習台というのは、手前へ傾斜のついた木の台で、本当はその傾斜の面に厚いゴム板がはりつけてあるものなのである。しかし律子の練習台は小学校六年生の弟に作らせたものだから、ゴム板などない不器用な荒けずりの台である。雑巾はゴム板の代用品なのだ。

律子は教室の机の上にその練習台を置き、その前で胸をはってバチで雑巾を打っている。律子はいま、フラ打ちの練習をしているのだ。三時になると二人は練習をやめて、水のみ場で落ち合った。

「どう、調子は」

いつも先に声をかけるのは律子のほうだ。

「ファイフの人っていいわねえ。あたしもファイフをやればよかったわ。ドラムのほうがカッコいいと思ったんだけど、あーあ一年も雑巾たたきをやらせられるとわかってたらねえ……」

「あら、でも有木さんはドラムむきよ。姿勢がよくていつも元気だもの、ユニホームを着てドラムを打つと、ホントにカッコいいと思うわ……」

「あーあ、早くそんな日がきてほしいものだわねえ。あけても暮れても雑巾たたき……もうこれで何枚、雑巾をたたきつぶしたと思う？　いまに雑巾のユーレイにおそわれるんじゃないかしら……」

律子と声をそろえて笑うとき、和子は何年も味わったことのない楽しさを味わうような気がした。

「ことしの文化祭はとても出場できないだろうけど、その次にはどんなことがあっても出ましょうよ」

「二人そろって……きっとね」

「ようし、がんばるわよォ」

「あたしもよ」

律子は握手の手を伸ばしかけて、あわてて引っこめた。

「あっ、いけない。早見さんの握手は力が入りすぎてねえ……」

才能プラスX

八月に入ってアヤ子の朝の練習はこれまでよりまた一時間早くなった。アヤ子は秋の文化祭に出場するつもりで、むちゅうになって練習しているのだ。ド・ド・ミ・ド・レ・レ・ファ・レはとっくに卒業して、いまでは「雷神」を一生懸命にやっている。

文化祭の出場者は、各パートの主任が推薦した者を幹部が選考し、面接テストをした上で最終決定されることになっている。アヤ子は筧葉子の家へ行くたびに、

「筧さん、あたしは推薦されますか？　どうですか？」

ときいては、葉子を困らせているのだ。

「和ちゃん、あたしが出場したらきっとおじさんを招待するからね。いくらガンコなダルマさんだって、あたしの颯爽たる姿を見たらホレボレして、きっと心が動くわ……」

「そうかしら……そうだといいわね」

「ぜったいよ。だから秋までのしんぼうよ。待っててちょうだい。そのうち天下はれてこの井戸端で二人で『クワイ河マーチ』を吹けるようになるから」

「……そうだといいわね」

「だから和ちゃんもしょげないで、一生懸命に練習しておくのよ」

「……そうだといいわね」

「なにいってるの、和ちゃん、あたしのいうこと聞いているの？」

「あ、ごめんなさい、つい、ぼんやりして……」

和子は逃げるようにアヤ子の前を立ち去る。

アヤ子はなにも知らないが、和子はアヤ子が文化祭の出場メンバーに推薦されないということを、パート練習のときに、古い隊員の堀田光子という高校生から聞いていたのだ。

「西田さんはとても熱心なんだけど……なんといえばいいのかしら、音感がないっていうのかな。テンポがどうしてもはずれるのよ。筧さんもずいぶん熱心に教えてらしたけど、やっぱりダメらしいわ」

それから堀田光子は急に声をひそめてこういった。

「ところで、このことはまだ内緒なんだけど、秋に日仏親善ラグビー大会があるのよ。その開会式にうちの鼓笛隊も出ることになったらしいの。方々の高校の鼓笛隊と一緒に出るんですって。あたしたちにとってはじめての対外出場でしょ。よそに負けないような人を選ぶことになっているんだけど、筧さんはどうやらあなたを出場させたいらしいわ」

「えっ……あたしを？　まあ、どうして……」

「まあ、どうしてだって……あきれた人ねえ。嬉しくないの？」

堀田光子は和子の背中をポンとたたいて、

「とにかく一生懸命にやるのよ。そのうちにテストがあるでしょうから」

「テストって、なんの？」

「ラグビー大会の開会式の出場者をきめるテストよ。筧さんに推薦されたら、断らないで受けてみるのよ」

「……」

「どうしたのよ、早見さん、そんななさけない顔して……」

「でも……」

和子はいった。

「あたしなんかまだダメです。自信なんかありません」

「なにをいってるのよ、早見さん。筧さんがあなたを出したいと思っているかぎり、だいじょうぶよ。あなたは音感がすばらしいし、音色がとても澄んでて力があるわ。リズム感もいいし、あなたのような人を天性の才能の持ち主っていうんだと思うわ」

「堀田さん、おねがい、そんなにおだてないで……」

「おだててるわけじゃないわよ。ただしこれからいうことをよく聞くのよ。早見さん、あなたは才能はあるけど、まだ欠けているものがあるのよ。あたしたちの鼓笛隊は、才能だけじゃダメなの。これは筧さんがいつもいってる言葉よ。筧さんは、才能プラスXがなければダメってよくいうでしょう。筧さんはそのXをあなたにつけくわえてほしいのよ。それであなたを対外出場させて、あなたがXをつけくわえるチャンスにしたいらしいのよ。わかる？」

「……わかりません。Xってなんですか。対外出場したら、なぜそれがつけくわわるんですか？」

「わからない？」

堀田光子はいたずらっぽく首をかしげていった。

「さあ？　なにかしら？　このあとはあなたが一人で考えることよ……」

和子はそのことをアヤ子に話していいかどうかに迷った。迷ってなにもいわずにいるうちに日はすぎ、文化祭出場者の決定が発表された。アヤ子の落胆は想像以上だった。しかしまもなく、アヤ子はラグビー大会の話を聞いてきて少し元気になった。アヤ子はこんどはラグビー大会開会式の出場者になろうという希望をもったのだった。

「文化祭、文化祭ってさわぐけど、あれはうちわのお祭りよ。それにくらべるとラグビー大会の開会式はすごいわ。対外出場だもの。東和学園や文治高校の鼓笛隊とならんで演奏するのよ。わが富士鼓笛隊の名を世界にあげるチャンスだわよ」

アヤ子は、朝の練習時間をいっそう早くした。三度の食事以外はファイフを吹いている。そんなアヤ子を見ると、和子はますます堀田光子の話をアヤ子にすることができなくなるのだ。

　ある日、和子は筧葉子から呼ばれた。

「和子さん、きょうから『エルキャピタン』と『旧友』を練習してもらいます。その理由は、もういわなくてもわかるでしょう？　ラグビー大会開会式にあなたに出てもらうことにきまったのよ。いいわね？」

「はい――」

　葉子の厳しい口調に引きずられて和子はそう答えてしまったものの、一瞬、とまどった。

「でも、筧さん、あたし……なんだか心配で……」

「心配？　なにが？」

「自信がなくて……だって、ファイフをはじめてまだ半年しか……」

「自信がない？」

　葉子は和子の言葉を打ち切るようにいうと、じっと和子の目を見た。

「やれば自信が出てくるわ。おやりなさい。やるのよ！」

「はい……でも……」

……でも、ユニホームを買うお金がない。猛練習の時間もない。場所もない……

「でも？　なんなの？」

「でも……あのう……」

葉子はその切長の瞳を、厳しく和子の上に据えている。そのとき、ふと和子の耳に一つの声がよみがえってきた。

――でも、でも、でも……女の子ってどうしてこうデモが好きなんだろうなあ……まずそのデモを捨てること。いいかい。約束だよ……

大場正治の声だ。和子は思い出した。そういったときの正治の、まるで怒ったように見える生まじめな表情が、厳しい葉子の顔と重なった。

「わかりました――」

和子は葉子の目を見返して、きっぱりいった。

「あたし、やります……」

夏休みはもうおわりに近かった。和子は学校での練習時間をいままでの倍にした。そのためこっそりと弁当を作ってもっていく。イネが葉山家へ泊まりこみで仕事にいっているのが、ありがたかった。ときどきあまり練習にむちゅうになって、耕作のほうが先に帰っていることがあるが、イネとちがって耕作一人ならごまかしやすい。

「どうだい、和子、英語のほうはちっとはうまくなったか？」

耕作はときどき、思い出したようにそういって聞いた。

「豆腐っていうのは英語じゃなんていうのかね。こんど、筧先生に聞いてきてくれよ。たまにゃオレだって、〝トーフィ〟じゃなくてさ、英語かなにかで呼び声をかけてみたいじゃないか」

「いやねえ、おじさん、お豆腐なんて英語はないわ。だって外国にはお豆腐がないんですもの」

「そうか、外国には豆腐がねえのか。あんなうまい物がねえとは、外国のくらしもたいしたことねえな。しかしなあ、和子。筧先生って人はえらい人だなあ。たった三百五十円で何カ月も英語を教えてくれるなんて、いまどきどこを探してもいやしねえよ」

「本当にいい人よ。とても熱心なの。夏休みのあいだは昼間も勉強にいらっしゃいって……」

「ありがてえことだなあ。うちは貧乏でなにも礼ができねえが、せめてときどきは商売物でももってって、先生に食べてもらってくれよ」

「でも、あんまりいつもガンモドキや生アゲをもっていったら、売れ残りをもってきたみたいに思われやしないかしら」

「そんなことあるもんか。先生のところへ届けるんなら、いつだって揚げたてのホヤホヤをもってきてやらあ。なんなら、オレが直接届けてやってもいいぞ。和子が世話になってるのに挨拶にも行かねえってのは失礼だからな」

「いいのよ、おじさん、先生は挨拶が大嫌いなの。物もらったりするのも嫌い」

「物をもらうのが嫌い？　かわった人だな。もっともただで英語教えてる人だ。どうやらトクにならんことが好きな人らしいな」

——おじさん、ごめんなさい……

耕作の後姿にむかって和子はそっと頭をさげた。おじさんがこんなにいい人でなかったら、ウソをつくのがどんなに楽だろう……和子はつくづくそんなことを思うのである。

第四章　友情の迷い

選抜テスト

きょうも暑さが厳しくなりそうな強い光が、雨戸の節穴から鋭く部屋に射しこんでいる。

「九月だっていうのに、きょうも朝から暑いなあ……」

和子は耕作の声に目がさめた。

「おい、和子、起きろよ」

隣の部屋から耕作がどなった。

「何時だと思う、もう七時半だぞ」

「七時半ですって？　ホント！　たいへん、今朝は寝坊しちゃったわ、ごめんなさい、おじさん」

「メシの支度はオレがしたよ。いつもアヤ子の笛で早起きさせられるんだから、きょうくらいはゆっくり寝かしてやろうと思ってな」

　耕作はいった。

「アヤ子のやつ、今朝はどうしたのか、笛を吹かねえよ」

　和子ははっとした。実はきのう井戸端で、和子はとうとうアヤ子にむかって、ラグビー大会の開会式出場者に推薦されたことを話したのだ。

「でも推薦されただけでこれからテストを受けるわけだから、出場できるかどうかはまだわからないの。でもとにかく力いっぱいやってみるわ」

　和子がそういったとき、アヤ子はしばらくだまっていてから、いきなりつっけんどんに、

「そう、よかったわね」

といった。そのアヤ子の顔はいままで和子が見たこともなかったようにこわばっていて、とりつくしまもないような冷ややかな調子でアヤ子はいった。

「よかったわね。おめでとう」

「おめでとう、なんて、まだ早いわ。まだこれからテスト……」

　いいかけた和子の言葉を、アヤ子はいきなり打ち切った。

「和ちゃんは筧さんのお気に入りなのよ。けっこうだわね。せいぜいとり入ってかわ

いがってもらいなさいよ」

「アヤちゃん！」

アヤ子はそれっきり家の中へ入ってしまって出てこなかったのだ。

そのアヤ子が今朝はファイフの練習をやめている！……和子は暗い気分に閉ざされた。アヤ子は本当に腹を立ててしまったのだろうか？　腹を立ててもう、鼓笛隊をやめてしまうつもりなのか？

和子は急いで井戸端へ出てみた。もしかしたらアヤ子は急に病気にでもなって床についているのかもしれない。

「アヤちゃん、アヤちゃん――」

和子はアヤ子の部屋にむかって声をかけてみた。だが、アヤ子の答えはない。和子は勝手口からアヤ子の家へ入っていった。

「おばさん、アヤちゃん、いる？」

すると、流しで茶碗を洗っていたアヤ子の母は、困ったようにふり返っていった。

「なんだか知らないけど、気分が悪いっておきてこないのよ」

「どこか病気なの」

「それがねえ、ものをいわないからわからないのよ」

アヤ子の母は奥へむかって、

「アヤ子、アヤ子、和ちゃんだよ」

と声をかけたが、アヤ子は返事をしない。

「またくるわ、おばさん。おだいじに」

和子はしょんぼりと外へ出た。文化祭の出場もダメだったアヤ子。はじめての対外出場、とはり切っていたのに、こんどもダメだったアヤ子。アヤ子の気持ちを思いやって、和子は筧さんの推薦を断ったほうが賢明だったのではなかっただろうか？アヤ子より一年もあとから鼓笛隊に入った和子が、アヤ子よりも先に推薦されたとなれば、アヤ子が面白くない思いをするのはとうぜんかもしれない——

テストの日まで和子はずっと憂鬱だった。推薦を断ろうかどうしようかと迷っているうちに、とうとうテストの日がきてしまった。あれ以来、アヤ子とは顔を合わせていない。アヤ子は和子を見かけると、逃げるように姿を消してしまうのだ。

和子は暗い心をいだいたまま試験場へいった。筧葉子はきょうは試験官の一人として出席しているはずだ。試験場にはもう十人あまりの受験者がきている。

和子は部屋のすみっこの椅子にそっと腰をおろした。どの顔を見ても自信ありげで上手そうに見える。

「和子さんは気が弱いから、あがらないようにするのよ。あがりさえしなければだいじょうぶパスするわ。自信をもつのよ。いいこと？」

筧葉子は、そういって和子を励ましてくれた。筧葉子はアヤ子のことなんか気にしないでいい、といった。

「そんなこと心配しないで、一生懸命にやるのよ。アヤ子さんにはわたしがよく話をします」

だがアヤ子は日曜日のパート練習も無断で休んだのだ。アヤ子のことを思うと和子はいっそ、テストに落ちたほうがいい、とさえ思ってしまう。

有木律子が鼻の頭に汗をかいて控え室へ入ってきたのは、いよいよテストがはじまってまもなくである。

「早見さん！　ああ、よかった、まにあって……」

「まあ、有木さん、きてくれたの」

「うん、朝から心配で心配で、家にいても落ち着かないのよ。母さんに話したら、いっておあげっていうもんだから、ムギ茶をもってきたの。早見さんのことだから、ドキドキして、緊張しすぎてのどがカラカラになってやしないかと思って……」

「まあ、ありがとう。ちょうど、のどがカラカラになってたところ」

「落ち着いて成功してね。そうだ、いいおマジナイを教えてあげるわ。指にツバをつけて鼻の頭を三回こするのよ。そして最後にうんと鼻をネジっておくの」

「いやねえ。そんなおまじない聞いたことがないわ」

「聞いたことがなくても効くのよ。うちの姉さんはそれで美容師の国家試験に通ったんだから……」

和子の名が呼ばれた。

「いいこと。鼻のネジリ忘れないで……」

律子がいう声をあとに、むちゅうで試験室へ入って行った。正面に部長の原桂子が腰かけている。その左右に何人かの主任がいて、筧葉子はその中にいるのだろうが、和子にはなにも見えない。

「十三歳、小さいのね。いままでの最年少ね」

鼓笛隊員たちのあこがれの部長である原桂子の声だ。和子にはその声はまるで天から降ってきた声のように聞こえる。

「さあ、演奏してごらんなさい」

「はい」

和子は「旧友」を吹き始めた。ファイフから音が流れ出すと、もうむちゅうだった。

アヤ子のことも、律子の教えてくれたマジナイも、和子をじっと見つめている筧葉子の厳しい目も忘れてしまった。和子はまっすぐに立って目をつぶり、無心にファイフを吹いた。こわいことも、心配なことも、もうなにもなかった。上手に吹こうとも、失敗したら困る、とも思わなかった。

「はい、よろしい、けっこうでした」

原桂子の声に我（われ）に返ったとき、和子の目には、はじめて部屋の中がはっきりうつった。正面テーブルの中央に原桂子、筧葉子はそれから左側の二人目だった。葉子はじっと和子のほうを見ていた。そして和子と目が合ったとき、葉子はやさしい、満足そうな目をして、よかったわよ、よかったわよというふうにうなずいて見せた。

ふたたび石段（いしだん）で

その二、三日後の夕方、和子が洗濯物（せんたくもの）をとりこんでいると、耕作が大声で和子の名を呼びながら路地へ入ってきた。

「和子、和子ォ、お客さんだぞォ、筧先生だぞ」

和子がびっくりして路地へ走り出ると、耕作の自転車のうしろから、ニコニコ顔の筧葉子がやってきた。

「あっ、筧さん……」

「早見さん、おめでとう、きまったわよ」

「まあ、じゃあ……」

いいかけて和子は耕作を見た。耕作は商売のとちゅう、たまたま筧葉子に道をたずねられて案内してきたのだ。

「いやあ、筧先生、和子がいつもごやっかいになりましてありがとうございます。なにしろあっしの姪です、あんまり頭のほうはよくねえと思うんだが、それでも、英語だけは好きとみえて、せっせと先生のお宅へ通っているようで……そのお礼のほうも、そのうち、なんとかあっしらの心だけでも受け取っていただくようにしたいと思っておりますんですが……それがその思うばかりでつい、そのう、先生のご厚意にあまえてしまって面目次第もありやせん……」

耕作は麦藁帽子を取って葉子に挨拶した。葉子はなんのことやらわけがわからずに、和子と耕作の顔を見くらべている。和子は急いで耕作の言葉をさえぎった。

「おじさん、まだ商売が残っているんじゃないの、早く行かないと、待ってくださるお得意さんに悪いじゃないの」

「うん、それもそうだな。先生、このごろは和子もこんな生意気なことをいうようになりましてね」

「いいからおじさん、早く行かないと、お豆腐がくさっちゃうわ」

「行くよ、行くよ。だんだんうるさくなってくるなあ、和子は……じゃ先生、失礼します。グッドバイ。どうです、発音は？　いいでしょう、ハッハッハッ……」

耕作は上きげんで高笑いをしながら自転車をこいで路地を出ていった。

「すみません、筧さん――びっくりなさったでしょう」

「いきなり先生なんていわれたら、だれだってびっくりするわ」

葉子は笑っていった。

「おじさんに内緒のことは知ってたけど、あんなややこしいウソをついてるとは知らなかったもの……」

「すみません」

「いいのよ、そんなことわたしはかまわないけど、でもいつまでもウソをついてるのはよくないわ。だいいち、これからあと、もっともっと困ることになって行くわよ。これからの練習って、それはすごい練習なのよ……」

まったく葉子のいう通りだった。開会式に出場することになれば、ただの演奏練習だけではない。歩き方、隊列の組み方、まがり方の練習もあるだろう。だいいち、ユニホームも買わなければならないし、帽子も靴(くつ)も必要だ。

そのとき、アヤ子の家の勝手口が開いてアヤ子が出てきた。アヤ子は葉子と和子を見て、はっと顔色をかえて立ちどまった。

「あ、西田(にしだ)さん、ちょっと……」

葉子はアヤ子に声をかけた。

「このあいだから話したいことがあって、あなたがくるのを待ってたのよ。どうしたの？　このごろ……パート練習にこないけど？」

アヤ子は葉子にむかってじっと立ったまま、口を引きむすんで、すねたように葉子の足もとに目をやっている。

「きょうはね、早見さんがラグビー大会に出場することにきまったものだから、それを知らせにきたんだけど……」

アヤ子の眉(まゆ)がピクリと動いた。なにかいいたそうに葉子を見あげたが、すぐに目をもとにもどした。

「ねえ、西田さん、よかったらこれからわたしの家へ行かない？　きょうはあなたとゆっくり話をしたいのよ」

「話って？　なんの話です――」

アヤ子はすねたまま、ぶっきらぼうにいった。

「あたしは話なんか聞きたくありません」

「そんなこといわないで、西田さん。あなたには少し考えちがいをしていることがあるらしいから……」

「考えちがい？」

アヤ子はきっと顔をあげて葉子をにらんだ。

「お説教ですか？　もうたくさん！」

アヤ子はかん高くさけんだ。

「あたしはもう、鼓笛隊なんかやめるんです！　やめたらもう、筧さんなんか、あたしにお説教する権利(けんり)はないはずだわ！」

そういい捨(す)てると、アヤ子はバタバタと路地を走り出て行ってしまった。

「筧さん、どうしましょう……」

「心配しないで、早見さん……あなたはなにも考えずに、一生懸命に練習をするのよ、いいわね」

葉子はそういうと、アヤ子のあとを追って走って行った。

その夜、和子はラグビー大会の出場を辞退しようと考えた。そうすればアヤ子も以前通り仲よくしてくれるにちがいない。四歳のときからきょうまで、和子はアヤ子をまるで実の姉のように思って親しんできたのだ。和子を鼓笛隊に紹介してくれたのもアヤ子だし、いつも力づけてくれた一番の人もアヤ子だ。そのアヤ子がいま、和子のために傷ついているのだ。筧葉子はそのことの責任を和子が感じる必要はないといったが、いくらそういわれても和子はアヤ子にすまない気持ちで、いっぱいになってしまう。これから先もずうっと、隣どうしで暮らしているアヤ子と口もききあわずにすごすようになるかと思うと、和子はどんなことをしてでもアヤ子の気持ちをやわらげたくなるのだった。

二学期がはじまった。始業式の日、和子は学校へ行くと、すぐに三年A組の教室へ有木律子を訪ねて行った。廊下の窓からのぞくと、律子の席に律子の姿はない。和子は入口から出てきた男生徒に聞いてみた。

「あのう、有木さんはどこでしょうか?」

「有木くん? きょうは休みだよ」

「まあ、休み? なぜですか」

「ぼくは知らないよ。タイコのたたきすぎで熱でも出したんじゃないか」

そういって男生徒はむこうへいってしまった。

始業式がおわり、大掃除をすませると、和子は一人しょんぼりと校門を出た。うしろのほうで葉山かおりをとりかこんだ一団が、にぎやかにしゃべりながら歩いてくる。ふと大友くん、という声が耳に入った。

「へえ、笛を？」

「そうなのよ。教室で一人で吹いていたんですって……」

それから声は急に低まり、ひっそりと内緒話のような気配がして、「創価学会」という声が聞こえた。

和子は逃げるように道をまがった。手には紙に包んだファイフがある。今夜は筧葉子の家へ練習に行く日だ。和子は今夜、ラグビー大会出場を辞退する決心を葉子に話そうかどうしようかと迷っていた。きょう和子はそのことを律子に相談したかったのだ。だが律子は学校を休んでいる。律子以外に相談をする相手は和子にはだれもいないのだ。

和子はいつかK町のあのお宮へむかって歩いていた。もう二度とくることもないと思っていたお宮だ。まだ昼前だから、正治は学校にいる時間だろう。和子は一段一段かぞえながら、ゆっくり石段をのぼった。十八段目に腰をおろす。そこが和子の一番の気に入りの高さだ。和子は「旧友」を吹き始めた。吹いているうちに、とめどもなく涙が頬をつたい、「旧友」のメロディーは涙の中に消えてしまった。和子はファイフを置いて両手に顔をうずめてすすり泣いた。

お父さん

お母さん――

泣きながらそうさけんだ。お父さん、お母さん、なぜ和子はいつまでもこうして泣くんでしょう。いつになったら泣かずにすむようになるんでしょう……お父さん、お母さん、なぜ和子を置いて死んでしまったの……

ふと、和子は泣くのをやめて顔をあげた。聞きなれたあの口笛が聞こえてきたような気がしたからだ。耳をすますともう口笛は聞こえない。空耳だったのかしらと思ったとき、すぐ近くの雑木林のあたりで、

「ロン！」

と声が聞こえた。

正治だ。

とっさに和子は腰をうかして逃げかけた。

正治との約束を破ったのは、五月のはじめだった。あれから四カ月。そのあいだに和子には一年分にも二年分にも思えるようなたくさんのことがあった。そしてそのたくさんのことがすぎたあと、和子は四カ月前のあのときとおなじ暗い悲観的な気持ちでおなじ場所にすわっているのだった。

ガサガサと青草をかきわける音がして、犬が走ってきた。ロンだ。和子をおぼえていて、嬉しそうに「ワン！」と高くほえた。

「ロン！ ロン！」

正治の足音が走ってくる。和子は思わず石段をかけのぼり、社のうしろへかくれた。

「ロン、どうした。なにをほえてる！」

なつかしい正治の声だ。和子のあとを追おうとしたロンは、正治に呼ばれてものいいたげにしっぽを振りふりそばへいった。正治とロンは石段をおりて行く。ふと、正治は石段のとちゅうで立ちどまった。かがんで足もとの物をひろった。

「あッ――」

社のかげから和子は思わずとび出して行きそうになる自分をやっとおさえた。正治が手にしている物は、和子がそこに置き忘れたファイフなのだった。

ひろわれたファイフ

和子のファイフをもった正治が、ロンを連れて石段をおりて行ってしまうと、和子は社のうしろから出てきた。

これで全部がおわってしまったわ……

ぼんやりと和子は思った。正治がファイフをもっていってしまった。正治は和子の家を知らないからあのファイフはもう二度と和子の手にもどることはないだろう。ファイフがなければラグビー大会に出ることはできない。いや、鼓笛隊員をつづけるわけにはいかない。ファイフをなくしたなどといったら、いくら葉子でも和子に愛想をつかせてしまうだろうから。

和子はぼんやりと歩いて行った。行く先は有木律子の家だ。どうしてもきょうのうちに律子に会いたい。さっきまでは律子に会って相談したいと思っていた。だがいまはもう相談ではなく、なぐさめてもらいたい心でいっぱいだ。

律子の家は大通りの北のはずれにある理髪店である。大通りはT町銀座とも呼ばれる繁華街だが、北へ行くにしたがって少しさびしくなり、店がまえが小さくなり古びていく。その中でもひときわ目につくほど薄汚れている店が律子の家だ。

店をのぞくと、律子によく似た母が、白いエプロンをかけて、小さな女の子の髪に櫛を入れていた。

「律子さんいますか、早見といいますが」

そういうと、律子の母はびっくりするような大声で奥へむかって律子の名を呼んだ。

「なあに、母さん」

律子の返事が聞こえて、店のしきりのカーテンから律子が顔を出した。

「有木さん――」

「まあ、早見さん――ちょっと待っててね」

律子はいったん引っこむと、すぐに出てきて律子を店の外へつれ出した。

「どうしたの、学校を休んだのね」

「そうなの、始業式だけだからかまわないと思って。おじいさんが怪我したのよ」

「おじいさんが……たいへんじゃないの」

「二、三日前に兄と大ゲンカして、兄はどこかへいってしまったんだけど、そのとき兄が突いたら、ひっくり返って鏡に顔をぶつけて怪我しちまったの」

「まあ！……」

「兄はこんなオンボロ理髪店で仕事してるのがいやになったのよ。横浜のほうに新しく建ったビルの店へ、やとわれて行ってしまったのよ。月給だってすごくいいし、だいいち、仕事がしよくて、ガミガミと古くさいことばかりいうおじいさんがいないし、いいことずくめだっていって、さっさと出ていってしまったの。そう、出ていく三日前だったかしら、店を改装することでおじいさんと大ゲンカしたのよ」

「で、お父さんは？」

「父さんはダメなの。おじいさんと兄さんのあいだにはさまってウロウロするばかりよ。きょうも兄さんを捜しに横浜のほうへいってるの」

「たいへんなのねえ……」

和子は大きなため息をついた。

「じゃ、いまはドラムどころじゃないわね」

「と思うでしょ。ところがこの有木律子さんはちがうんだなあ。この有木律子さんはこういうことがおこればおこるほどハッスルする性質なのよ。みんなが寝るのを待ってあいかわらずゾーキンたたいてるわよ」

律子はわざとおどけたいい方をして和子を笑わせた。

「それより早見さん、テストの結果はどうだった？」

「テストはパスしたんだけど、いろんなことがあって……有木さん、あたし、ファイフをなくしちゃったの……」

「なんですって！」

律子はすごい声でさけんだ。

「それ、ホント？　ホントなの、早見さん」

和子は話した。アヤ子のこと、鼓笛隊をやめようと思うこと、正治がファイフをもっていってしまったこと……

「ダメよ。ダメ。ダンダンコとして反対！」

聞きおわると律子はどなるようにいった。

「さあ、一緒にいってあげるから、その大場くんの家を捜すのよ。ファイフを取り返して、今夜から猛練習するの。こうなったらもう、おじいさんどころじゃないわ。あたし、つきっきりで監督するわよ。早見さんはいったい、鼓笛隊に入ることをなんと思ってるの。あたしたちはそんじょそこいらの楽隊屋じゃないのよ。あたしたちには使命があるのよ。その使命とはなにか……音楽を通して日本をよくし、世界をよくしていくってことじゃないの。それを忘れて、そんな隣の子のきげん取りばっかりしてて、いったいどうするのよ。あたし怒るわよ……」

律子は和子の手をとって歩き出した。

「さあ、行きましょう。K町の大場外科病院といえばきっとすぐわかるわ……」

引きずられるようにして歩いて行くと、むこうのほうからラッパの音が聞こえてきた。

「あッ――」

「なによ？　なにがあッ、なのよ」

と律子はきげんが悪い。

「おじさんだわ。あれはおじさんのラッパよ」

耕作のラッパはほかの豆腐屋のラッパよりも音が大きい。長く長く引っぱって吹き、きげんのいいときはそのあとに、

「プップップップップップゥ――」

というふうに調子をつける。もっときげんのいいときはそのあとに「トーフィ、ガンモドキィ」

と呼び声が入る。だがきょうの耕作のラッパは調子がどうもおかしい。

「プーッ」

とひと吹き吹いたきりで、プツリと切れてしまう。と思うとまた、思い出したよう

に、

「プーッ」

と鳴る。いきなりヤケになったように、

「プーップーップーッ」

とたてつづけに鳴ったりもする。

——どうしたのかしら、おじさん……

そう思ったとき、横丁から自転車に乗った耕作が出てきたのとパッタリ顔が合った。

「こらッ、和子オッ——」

いきなり耕作は目をむいてどなった。

「おまえというやつは、いったいこのオレをなんと思って……」

耕作はいきおいよく自転車から飛びおり、そのはずみでよろめいてそばの電柱にぶつかり、

「チクショウ!」

と怒って電柱をけり、

「あイタタタ」

ととびあがった。

「この人が早見さんのおじさん？　かわってるわねえ……」

と感心したように律子がいった。

「なにおッ、かわってるわねえだと。おまえはなんだ」

「あたし、有木律子。早見さんの上級生よ」

「上級生だかなんだか知らないが、引っこんでてくれ」

耕作はそういうと、腰のベルトに差していた紙に包んだ物を引きぬいてふりあげた。

「おい、和子ッ、これはなんだ！」

耕作は包み紙をひきちぎった。

「あッ、ファイフ！」

和子はさけんだ。

「ど、どうしてそれがそこに……」

「なにがどうしてだ！　そらっとぼけやがって……」

道行く人がふり返っている。それにもかまわず耕作はどなった。

「おまえの友だちとかいうノッポ野郎（やろう）が、やってきたんだよ。こんチクショウめ！」

第五章　はじめての対外出場

すさまじい反対

石段のとちゅうにファイフを見つけたとき、大場正治はすぐ、それを和子の物だと思った。いつかの日曜日、正治は昼すぎまで和子を待ったが、とうとう和子はこなかった。その後も何度か石段のところを通ってみたが、和子には会えない。和子がこなくなったのは、かわったことでもおきたのか、それとも正治と会いたくなくなったためなのか、正治にはわからない。わからないが、わからないからといって忘れてしまえるものではなかった。

正治は和子のことが気がかりなままに、受験勉強に追われていたのだが、石段のとちゅうにファイフを発見したとき、急に和子に会わねばならないという気持ちになったのだった。

正治は和子がT町に住んでいて、おじさんが自転車の豆腐売りをしているといったことを思い出した。戦争で左足を負傷して足を引きずっている豆腐屋――そういって捜すと、すぐに耕作の行く先がわかった。耕作は豆腐屋仲間ではガンコ者で知られていたからである。

「いまごろはT小学校の裏あたりを流しているだろう」

と耕作の仲間がいった通り、小学校の近くの八百屋の前で、正治は耕作に出会うことができた。

「早見さんですか？　早見和子さんのおじさんですか。ぼく、和子さんの友だちですが……」

そう話しかけた正治を耕作はジロリと見返した。耕作のような年代の者には、中学生や高校の男女が親しくするのはけしからぬことだという考えがある。

「早見和子のおじだがね。いったいなんの用だ」

そういって正治を見たときから、耕作はもうケンカ腰だったのだ。

「ちょっとお話ししたいことがあってうかがったのですが」

「お話？　だれにだ、オレにか、和子にか」

「早見くんにも会って話したいことがあります。しかし、ぼくは前からどうしてもおじさんに聞いていただきたいことがあって……」

正治の言葉を耕作はじゃけんにさえぎった。

「オレは気が短けえんだ。用はさっさといってくれ」

「じゃ、いいます。まず第一の用は、これを早見くんに渡すことです」

「なんだ、こりゃ、笛じゃねえか」

「ファイフです。早見くんのファイフです」

「早見くん？　和子のか？」

耕作は顔をしかめた。

「そうです。創価学会鼓笛隊員としてのファイフです」

「なんだって？　おい、もう一度いってくれ」

「創価学会鼓笛隊員の早見和子のファイフです」

正治は少年らしい一本気な性質から、せっかちに話をすすめてしまった。

「ぼくは早見くんが、いろんなことをおじさんにかくして、かげでコソコソやっているやりかたをよくないと思っていました。いくらおじさんがガンコオヤジだったたって……」

「ガンコオヤジ？　おい、なんだ、そりゃ……」

「コロッケのヒキ肉にされても、いい出したことはあとに引かないわからず屋だとしても……」

「おい、おい、わからず屋とはなんだ、だれのことだ」

「あなたのことです」

正治は平気でいった。

「いくらそんなオヤジだとしても、一度も自分の考えを話そうとしないで、かくれていろんなことをするのはよくない。ぼくはそう思います。そういう信仰は本当のものじゃない」

「信仰？」

耕作は大声でさけんだ。

「和子は創価学会へ入ってるのか！」

耕作は真っ赤になって目をむいた。

「おまえもその一味か」

「そんなスパイ団みたいにいわないでください。そのことについてぼく、おじさんにゆっくり話したいことがあって……」

「なにを！」

耕作はファイフをふりあげた。

「おじさん、おじさんとなれなれしくいうな。帰れ！　これ以上ここにいるとぶんなぐるぞ！」

耕作はファイフを刀のように腰に差し、自転車にとび乗った。

「こら、帰れ、帰れ、これ以上、このへんをウロウロするな。こんどきやがったら、その煙突みたいな胴ッ腹をへし折るぞ！」

そういい捨てて耕作は、自転車を飛ばして行ってしまったのだった。

その夜、この崖下の一角に住んでいる人たちは、夜ふけまでどなりつづける耕作の大声に閉口してしまった。耕作の声の大きなことは、そのラッパよりも呼び声のほうがよく聞こえるという町の評判でもよくわかるくらいだが、それが今夜は酒を飲んで怒っているのだから、たいへんなさわぎである。

「あいすみません。赤ン坊が寝つかないものですから、もうすこしその、小さな声で……」

と頭をさげながらやってきた四軒むこうの北村という若い大工は、いきなり、

「なにおッ！」

と飛んできたざぶとんを頭で受けて、逃げ帰って行った。

時計が十鳴った。耕作はもう四時間以上もどなりつづけているのだ。和子はその前

にじっとうつむいてすわっていた。

「おじさん、ごめんなさい。これからはもうおじさんをだましたりしないわ。おじさんのいうことをよく聞く子供になるわ」

そういってしまえたら、いますぐになにもかも解決してしまえる。耕作はどなるのをやめ、イネのヒステリックにつりあがった目尻はさがってくるだろう。一家は平和になり、和子はもうウソをついたりごまかしたりしては、一人であれこれ苦労する必要もなくなるだろう。

だが、そう思いながら和子の中には、どうしても「おじさんのいう通りにします」といえないものがある。そういってしまえば楽になるのに、いってはならないと止めるものがある。

それはいったいなになのか、和子にはわからない。だがわからないままに和子はがんばった。

「おじさん、あたし、いままでおじさんにかくれていろんなことをしていたこと、いけなかったと思います。ごめんなさい。あやまるわ。心からあやまります。そしてあらためておねがいします。おじさん、どうかあたしが創価学会員であることを認めてください……」

た。

突然和子はそういった。自分でもわからない力が働いて、むちゅうでしゃべってい

「和ちゃんたら、まあ、なにをいうの、あんたは……」

イネがそばから、あきれたようにさけんだ。

「あんたをここまで大きくするのにおじさんとあたしはどんなに一生懸命に働いてきたか。そのことを和ちゃんはどう考えてるの？　もし和ちゃんが少しでも恩ということを考えたら、あたしたちが反対することにはむかったりはしないはずだわ」

「恩は知っています。いつもありがたいと思っています。だから……だから、あたしは、みんなで学会に入って、もっと幸せになればいいと……」

「うるさいッ！」

耕作は町中にひびきわたるような声でどなった。

「オレはタコと創価学会は大嫌いなんだッ！　オレの返事はそれだけだ……」

おまえらには負けた

「和子さん、
毎日待っていますが、どうしてこられないのですか？　きょうもきのうもあなたの家までいったのですが、戸が閉まっていました。このところわたしも会場の打ち合わせやユニホームのことや、それから塾のほうも二学期になってとても忙しく、夜はなかなか出られないのです。

とにかく至急連絡してください。もうそろそろ行進の練習にかかります。

寛　葉子」

葉子からそんな手紙がきた日、和子は思いきって葉子の家へ出かけて行った。朝から雨の降っている日曜日の昼すぎである。葉子の家には堀田光子や二、三の古い隊員が集まって、ユニホームのデザインを見ていた。

「早見さん、ごらんなさいよ。ユニホームのデザインがきまったのよ」

堀田光子がうきうきした声で和子を呼んだ。

「ね、とてもかわいいでしょ。この帽子、イカスでしょ」

「ホント！　すてきだわ」

「早見さんなんか、子供っぽい顔だちだからとてもよく似合うと思うわよ。あたしはこのごろヒネてきたから、ちょっと心配だけど……」

堀田光子の言葉にみんなはワッと笑った。

「こんどの日曜日、朝九時半に公会堂に集まるのよ。合同練習のあと、神宮外苑で行進の練習をすることになってるからそのつもりで」

光子は和子にいった。

「早見さん、元気ないみたいね。だいじょうぶ？　練習してる？」

「それが……困ったことになってしまって……ファイフがないの」

「ファイフがない？　どうしたの」

「おじさんが……」

そういいかけると急に涙がのどにつまって和子はうなだれた。

「どうしたの？　和子さん。話してちょうだい」

和子が話すのを葉子や光子たちはみんなで聞いた。聞きおわると葉子がいった。

「とにかく、早見さんはここで負けてはダメ。ここを乗り越えるのよ。みんなで応援するからがんばるのよ」

「ファイフなら隊から借りてあげるわ。それで練習するのよ。そのうちにきっとおじさんもわかってくれるわ」

「あたしだってはじめは、家中の者に猛烈に反対されたのよ。認めてもらえるようになるまで二年もかかったの」

光子がいった。

「みんな、それぞれ苦労してここまできてるのよ。早見さん、あなた一人じゃないわ」

みんなは口々に和子を励ましてくれた。葉子は自分のファイフを和子に渡していった。

「さあ、もうなにもいわないで、帰って練習しなさい。それから一時間の唱題。いいわね？　御本尊さまにおねがいするのよ」

表へ出ると、雨はやんで気持ちのいい初秋の風が吹いていた。和子はふと、むしょうにファイフを吹きたいと思った。みんなに励まされて、和子の暗く沈んだ心に、かすかな灯がともったような気持ちだった。家へ帰ってくるとき、とちゅうで律子とばったり出会った。

「あら、有木さん、どこへ行くの?」

「どこへって早見さん、あなたのところよ。その後どうなったか心配で……」

律子はいった。

「おじさんはまだファイフを返してくれない?」

「ぜんぜんよ。ファイフのことをいい出すと、なにおーッ、とくるのよ。オレはタコと創価学会と楽隊は大嫌いだよッって……」

「タコと創価学会に楽隊がつけくわわったのね」

律子はため息をついた。

「実際、あのガンコオヤジには困ったものねえ。お豆腐を売ってるんだから、もうすこしやわらかくなればよさそうなものなのに……どうしてもファイフを返してくれないのなら、新しく買うんだわね」

「買うったって有木さん……」

「お金なら心配しないで。ほら、ここにもってきたわ」

「そんな……有木さん……」

「遠慮しないで。あたしがアルバイトしたお金だから」

「アルバイトって……」

「お店を手伝ってるのよ。むしタオルをお客さんの顔にあてたり、頭を洗ったり……お客さん一人につき十円ずつもらうのよ。だからユニホーム代も心配しないで、靴も帽子もあたしが引き受けたわ。だからきっとラグビー大会には出るのよ。いい？」

「有木さん――ありがとう。でもファイフはいま、筧さんが貸してくれたの。これであたし、がんばるわ。やっといま、そんな勇気が出てきたの。あなたや筧さんや大場さんや……いいお友だちにめぐまれてるんですもの、いつまでもクヨクヨしていられないわ」

「えらい、早見さん！　やっとホンモノになってくれた！」

律子はそういうと、和子の背中をポンとたたいて、

「バンザーイ」

と歩きながらとびあがった。と、そのとたんに、二人のすぐうしろでラッパの音がプップップーとかん高く鳴った。

「わッ」

びっくりした二人がとびあがってふりむくと、すぐうしろに耕作がついてきていて、怒ったように二人にむかっていった。

「おまえら、あきれたもんだな。オレはもうホトホトあきれかえっちまったよ」

「なにがあきれたのよ、おじさん。こっちだっておじさんにはホトホトあきれてるわ」

さっそく、律子がやりかえした。

「わからず屋のカチカチ頭。おじさんのために、早見さんがどんなに苦労しているか。自分の好き嫌いだけで、あれしちゃいかん、これしちゃいかんなんて、話にならないわ。自分がラッパしか吹けないもんだから、和ちゃんがファイフを吹くのがシャクなんでしょう……」

「よくペラペラとしゃべるやつだなあ。それも学会仕込みかい。おまえさんみたいな友だちがいるもんだから、和子がだんだん、強情になる。いまだってだまって二人の話を聞いてたら、また別に笛を借りてきてまで楽隊をやるつもりでいるんだからな、あきれちまったよ」

「和ちゃんの強情はあたしのせいじゃないわ。おじさんの血を引いてるんじゃないの」

律子は和子の手からファイフを取ると、耕作にさし出した。

「おじさん、ちょっと、これ吹いてみてごらん」

「なんだ、これをオレに吹けってのか」

耕作は自転車を止めて笛を受け取った。

「こんなもの、簡単だ」

耕作はファイフにくちびるをあてて、息を吹き入れた。音は出ない。耕作はほっぺたをふくらませてもう一度やった。あいかわらず音は出ない。

「おじさん、どう？」

「うーむ。生意気な笛だ。なぜ鳴らん」

「豆腐屋のラッパとはちがうのよ。もうすこし高級なのよ」

「なにを！」

とムキになって吹く。

「おじさん、だんだんタル柿に似てきたわ。おじさんは怒ると頭まで赤くなるのね」

律子はいった。

「おじさん、この笛が音を出すようになるまで、ふつうなら三カ月もかかるのよ。それなのに和ちゃんはそれを一カ月でやったのよ。うるさいおじさんにかくれて、みなが遊んでいる夏休みのあいだに学校へいって、一生懸命に練習したのよ。そんな努力が認められて、鼓笛隊対外出場者に選ばれたというのに、おじさんはファイフをとりあげて苦しめるのね。和ちゃんは勉強をなまけたわけじゃないわ。ムダなお金を使ったり遊びまわってるわけじゃないわ。和ちゃんは……いえ、あたしたちは一生懸命よ。音楽を通して日本の国をよくしようとしているのよ。それがなぜいけないことなの？え？　なぜ、いけないの？　なぜしかるの？」

律子の言葉がおわったあとも、耕作はファイフを手にしたまま、あっけにとられて律子の顔を見ていたが、しばらくしてほっとため息をついた。

「和子、おまえはこれを返してこい」

耕作は手にしたファイフを和子にさし出しながらいった。

「えっ」

「返してこいっていうんだよ。おまえはおまえの笛を吹けばいい」

「おじさん……それ、どういうこと」

「まだわからねえのか。自分の笛があるのに人から借りることはねえってことだよ」

「おじさん……じゃあ……」

「おまえらには負けたよ。あきれたよ。したいようにしろ、笛は返してやる」

そういうと耕作はいきなり自転車にとび乗り、高らかにラッパを吹き鳴らした。

「どうだい、和子。おまえの笛より、このほうがいい音だろう？」

そういって耕作は自転車を走らせて行った。

百人のパレード

真っ白のダブルの上着に短いプリーツスカート。白いハイソックスに白い小さな帽子をななめにかぶる。白一色の中で上着の六つボタンが金色に光っている。

それが日仏親善ラグビー大会開会式の日の富士鼓笛隊の服装である。秩父宮ラグビー場には、方々から色とりどりの服装をした鼓笛隊が集まっていた。赤い上着の隊もあれば黄色ずくめの一団もある。開会式は夕刻五時から開かれる。夕闇の中に集まった富士鼓笛隊の一団は、開いたばかりの夕顔のようだ。

開会式ははじまった。先頭の高校鼓笛隊が「日の丸行進曲」を演奏しながら出ていった。会場からわきあがる拍手と歓声が場外で出番を待って整列している和子たちの耳にひびいてきた。和子はドラムにつづくファイフの先頭である。足がふるえる。じっとしていられない。堀田光子はさっきから、一人で足ぶみをしては、ときどきピョンととびあがっている。

「早見さん、歩幅に気をつけてね」

筧葉子が注意をしにきた。和子は小さいので、どうしても歩幅がせまくなってしまうのだ。

「硬くならないように、さあ、みんな、深呼吸をして、肩と首をやわらかくしましょう」

和子から見ると葉子はふしぎなほど落ち着いている。富士鼓笛隊の出場は最後である。前の曙高校が出ていくと、部長の原桂子が手を高くあげ、にっこりしていった。

「さあ、みなさん、元気でいきましょう」

先頭は「富士鼓笛隊」のプラカードをもった筧葉子だ。その次に部長の原桂子、それからバトンガールがつづき、ドラム、ファイフ、フルート、アコーディオンとつづく。秋の日はとっぷり暮れて、明るい照明が芝生を照らしている。筧葉子の均整のとれた後姿が高くプラカードをさしあげ、静かに一歩を踏み出した。最初の曲「星条旗よ永遠なれ」がはじまった。

和子は光の中へ出ていった。広い場内をいままでとちがったどよめきが流れている。

――創価学会 富士鼓笛隊――

このプラカードを見た人々の、創価学会に鼓笛隊があったのかというおどろきが、このどよめきになったのであろう。青い芝生いっぱいに強い照明が流れている。その中を白色の富士鼓笛隊は進んで行った。曲は「星条旗よ永遠なれ」から「クワイ河マーチ」に移った。

和子は力いっぱいファイフを吹き鳴らした。二十人のドラム、五十人のファイフ、フルート二十人、アコーディオン十人、その一人一人から流れ出る音が大きく強い一つの音色となって、まっすぐ夜空にたちのぼり、ラグビー場の観衆の上にひろがる。なんという力強いひびきだろう。それはいくつもの音ではなく、一つのかたまりだ。まじりけのない、ひといろの純粋な心だ。世界にむかって呼びかける若者たちの声だ。

場内はしんと静まりかえっていたが、それから突然、爆発するように拍手がおこった。拍手の波が押し寄せ和子をつつんだ。それは思いがけないほどの拍手の嵐だった。その中には有木律子の拍手もあるだろう。学会の人たちの拍手もあるだろう。その上になお、この拍手には、場内全体の……創価学会というものを知らない人も知っている人も区別なく、ここにいる人の富士鼓笛隊への感激があふれているではないか。

場内を進みながら和子は、とめどもなく涙が頬をつたうのを感じた。和子の心は、もうなんの不安も感じていない。なんの心配も恐れもない。いつまでもいつまでもこうして、仲間たちと一つになってファイフを吹き鳴らしながら歩き進んで行きたい。

「和子ォー　いいぞォー」

突然、和子は拍手の中からそんな声を聞いたような気がした。

「和子ォー　がんばってくれェ……」

その声はたしかに耕作の声だ。

「見てくださいよ。あすこの、笛の先頭にいるのが、あっしの姪ですよ。まん中の小さいの……どうです。チビだが、堂々としているでしょう」

「おじさんの姪にしちゃかわいいね」

そういう者がいて人々がどっと笑った。耕作は中腰になり、手をラッパにしてどなった。

「いいぞ、いいぞ、いいぞォ、和子ォ、日本一……」

その耕作の声をまわりの人たちの拍手がつつんだ。富士鼓笛隊は退場した。

「早見さん――」

律子が飛んできて和子にとびついた。

「すばらしかったわ、すばらしかったわ」

律子はくりかえし、やたらに和子の手をにぎって振った。手のひらのマメの痛いのも忘れている。だれの頰も涙で濡れている。おたがいに手をにぎりあい、抱き合って泣いている。いつもは冷静な部長の原桂子の目も濡れている。

「和子さん、ありがとう、よくやってくれたわね」

筧葉子がよってきていった。

「筧さん――」

「富士鼓笛隊ははじめはたった三十三人だったわ。ドラム十人、ファイフ二十三人ではじめたの。それが、六年目にはじめての対外出場で百人も出て、こんなに立派にやれるようになったのよ。そのことを思うと、あたし、プラカードをもって歩きながら、涙が出てきてとまらなかったの」

葉子はいった。

「和子さん、あなたはやりぬいたのよ。いろいろあったけど、とうとうやりぬいたじゃないの。あなたは、もっと自信をもっていいのよ。くじけずにやりぬく底力をもっている人なのよ。あなたは……」

そのとき、和子はポンとうしろから肩をたたかれた。ふりむくと、正治がニコニコして立っていた。

「おめでとう！　よくやったね。立派だったよ」

「あっ、大場さん……いつかは……」

「すぎたことはもういわなくていい。それより、きょうはすばらしい日だったね。鼓笛隊にとってもそうだが、早見くんにとっても、一生のうちで何度もこないという重大な日だよ」

正治は筧葉子に挨拶をした。

「正直いってきょう、ぼくはびっくりしました。ぼくは学会の音楽隊にいますが、とても鼓笛隊にはかなわないな。きょうは心から脱帽します」

それから正治はふり返って、うしろにいた少女を紹介した。

「妹の純子です。この四月にドラム隊へ入ったんだけど、一生懸命になればなるほどいつまでたってもうまくならないというふしぎな女の子です」

「まっ、兄さんたら……意地悪！」

純子は兄とちがって背が低くとてもふとっている。高校一年生だが笑うと片方の頬にエクボができ、目が頬にうずもれてまだ中学生のようにかわいく見える。

「あら、有木さんじゃないの」

純子は律子を見て、びっくりしたようにいった。

「なんだ、大場さん――」

律子は純子を見、それから正治を見ていった。

「早見さんからよく聞いていた大場さんが、あなたのお兄さんだったなんて……」

「ヒョロヒョロノッポの兄に、コロコロした妹がいるなんて、思えなかったんでしょ」

純子がいって、みながわっと笑った。

二人はドラム隊の練習で知り合いの間柄なのだ。

「ねえ、お兄さん、おなかすいちゃったわ。きょうのお祝いに、あたしたちにごちそうしてちょうだいよ」

と純子は正治にあまえた。

「そうだな。じゃ、純子の好物をごちそうしよう」

「あたしの好物？　まあ、嬉しい、なにを？」

「たい焼きだ。そうでなければラーメンだな」

「まあ、ケチなのねえ。あたしの好物の中にはもっと上等の物だってあるわよ」

明るい笑い声が流れた。

「じゃ和子さん、ここで待ってるから、早く着がえていらっしゃい」

「ええ……」

和子は更衣室のほうへ走って行こうとして、はっと立ちどまった。むこうの街灯の下にぽつんと立って、刺すようにこちらを見ている人影に気がついたのだ。

「あッ、アヤちゃん――」

和子は思わずそのほうへ走って行った。

「アヤちゃん、きてくれてたの――」

そういったとたん、アヤ子の目が憎々しげにキラリと光ったと思うと、アヤ子は身をひるがえすようにして、秋の夜のくらがりの中へ走って行ってしまった。

第六章　アヤ子を捜して

帰らないアヤ子

「あんた、あんたはいつから宗旨がえをしたんだね。タコとなにやらは大嫌いだっていってたのが、いつから好きになっちまったのさ」

「好きになっちまっただと？　だれがそんなことをいった。オレはいまだってタコと創価学会は嫌いだよ」

「おや、そう？　そんならなぜ、和ちゃんにあんなことをさせてるのさ？　和ちゃんが鳴らしてる笛は、創価学会の笛なんだよ」

「なんの笛だか、そんなことはオレは知らねえ。和子はただ笛を吹いているだけだ。あいつは笛の天才なんだ。オレはその天才を認めて吹かせてるだけだ」

「そんなこというけど、和ちゃんは創価学会に入ってるんだよ。創価学会と関係なしに笛を吹いてるんじゃないのよ。そこんところをどう考えてるのか、今日はとっくり説明してもらおうじゃないの」

「うるせえな。一日いっぱい働いて、オレはくたびれてるんだ。ペラペラしゃべるな」

「またごまかす。一日いっぱい働いてるのはあんた一人じゃないんだよ。フン、つごうが悪くなると、すぐ大きな声を出してごまかすんだからねえ……」

今夜も耕作とイネのいいあらそいが襖越しに和子の部屋へ聞こえてくる。

「とにかく和子はもう中学生だ。中学生といえば子供じゃない。いままでみてえに、なにからなにまでオレたちの考えを押しつけるわけにはいかねえんだ」

「そうですかねえ。でもいつか、おまえさんはたしかこういってたよ。中学生なんていってもまだまだ子供だ。高校になるまでは好き勝手は許さんって……」

「うるさいッ！　オレはもう寝るんだ。静かにしろ」

「おや、もう寝るの？　まだ八時なのに。つごうが悪いと眠くなるんだものねえ。重宝にできてるよ」

ラグビー大会のあと、何日たっても、耕作は和子になにもいわない。開会式を見にきて「いいぞ、いいぞ」とさけんだのはたしかに耕作だったと律子も正治もいっている。だが耕作は和子にはまったくそしらぬ顔をしているのだ。

「おじさん、きてくれたの？」

あの翌日、和子がそうきいたときも、耕作はしらばくれて答えた。

「このオレが、なんでそんなところへ行くんだ。バカにするな。おまえはおまえの勝手、オレはオレの勝手だ」

耕作は和子が大きな声でお題目をあげても、朝早くからファイフを吹いても、なにもいわなくなった。

「オレは奨励してるわけじゃねえ」

イネが怒ると、そう答えるだけである。

そんなある夜、和子が勉強をしていると、窓の外で和子を呼ぶ者がいる。窓をあけるとアヤ子の母が心配顔で立っていた。

「和ちゃん、このあいだから聞こう聞こうと思ってたんだけどねえ、アヤ子が文化祭の練習で毎晩遅いのよ。きょうもまだ帰らないんだけど……」

「まだ帰らないって、おばさん、もう九時よ」

「そうなのよ。ゆうべもおとついも十一時すぎてたわ。いくら学会の鼓笛隊だからって、毎日毎日こんなじゃ、親は心配でたまらないわ」

「文化祭の……」

和子はいいかけてアヤ子の母を見つめた。アヤ子は文化祭に出場できないはずだ。出場しないアヤ子が、毎晩、練習に出かけるわけがない――。

アヤ子はそんなウソをついて、いったいなにをしているというのだろう。

「わたし、文化祭には出場しないから、そのあたりのことはよくわからないんだけど……」

と和子はごまかした。

「明日、筧(かけい)さんのところへいってよく聞いてみるわ」

「おねがいするわよ、和ちゃん。なにしろアヤ子にいうと、腹(はら)を立ててねえ。かあちゃんはだまっててよ、うるさいわねえ……とこうなんだから、おっかなくてものもいえないのよ」

そういってアヤ子の母は帰って行った。

考えてみれば和子はもうずいぶん長く、アヤ子と話をしていない。井戸端(いどばた)や路地で顔を会わせることがあっても、アヤ子はプイと顔をそむけていきすぎてしまうのだ。だが最近では、井戸端や路地で顔を合わせることもほとんどなかったことに和子は気がついた。

翌日、学校の帰りに和子は筧葉子(ようこ)の家へいった。葉子は和子の話を聞くと、

「そうなの……やっぱり……」

と眉をくもらせて、こんな話をした。

「実はねえ、早見さん。西田さんには一口にいって音楽の才能という物がないのよ。リズム感覚が欠けているの。リズム感が欠けてるってことは、音楽をやるには致命的なことなのよ。だから、いっそ思いきって、ファイフをやめて鼓笛隊の運搬係のほうでがんばってみないって、わたし、すすめたことがあるの、ラグビー大会の前よ」

運搬係というのは、小太鼓や大太鼓などの楽器を保管したり、倉庫から会場へ運んだりするかげの仕事である。

「一口に運搬係っていうけど、本当はとても重要な仕事なのよ。だから西田さんみたいな、機敏でファイトのある人はきっと優秀な運搬係として活躍してくれるだろうと思ったのよ。そうしたら、西田さん、ものすごく怒って、いくらお父さんがトラックの運転手をやっているからって、娘まで運送屋にすることはないでしょう、って、帰ってしまったの……」

葉子は大きなため息をついた。

「西田さん、なにをしてるのかしら……心配だわねえ……」

「そのこと、アヤちゃんのお母さんにいったほうがいいでしょうねえ」

「今夜、塾がおわったらすぐに行くわ。わたしからよく説明するわ。そしてアヤ子さんにも会ってよく話します。早見さんはかえっていないほうがいいわ」

「おねがいします。筧さん」

和子はそういって家へ帰ってきた。

その夜、筧葉子はアヤ子の家で十一時までアヤ子の帰りを待っていたが、アヤ子はとうとう帰ってこなかった。葉子から話を聞いたアヤ子の母は、アヤ子が鼓笛隊の練習にはいっていないのだと聞いて、びっくりぎょうてんしてしまった。アヤ子の父は昨夜から大阪へ仕事にいって留守なのである。

オロオロしてただうろたえるアヤ子の母をなだめて家へ帰った葉子は、翌朝早く、もう一度アヤ子の家へいってみた。アヤ子は昨夜はとうとう帰らなかったのだという。学校へ問い合わせると、この二、三日、学校のほうも無断欠席しているという。アヤ子は学校へ行くフリをして家を出、どこかで遊んでいるのにちがいない。だが、どんなに遅くなっても必ず家へ帰ってきていたアヤ子が、昨夜はとうとう帰らなかったのだ。

警察へ知らせるといってさわぐアヤ子の母を、葉子はなだめた。

「おばさん、アヤ子さんがこのごろとくに親しくしているお友だちの心あたりはありません？」

「そうねえ、そういえばユキ、ユキ、ってよく話してましたよ。ユキっていう名前なのかしらねえ。日曜日に呼び出し電話がかかったこともあったわ」

「じゃ、わたし、これから高校へいって、ユキって名前の同級生がいるかどうか、調べてきます。担任の先生にもよく話して、最近のようすなんかも聞いてきますわ」

「すみませんねえ。よろしくおねがいします。なにしろあたしはもう、どうしていいかわからなくなって……お父さんが大阪へいってるあいだに、こんなことがおこっちまって……」

そこまでいったとき、アヤ子の母はふいに言葉を切って、

「アヤ子！」

とさけんだ。

「アヤ子、アヤ子ったら、まあ、どこへいってたのよう……」

アヤ子はきのうの朝、家を出たときのセーラー服にカバンをさげたまま、怒ったような顔をしてのっそりと入ってきたのだ。アヤ子はそこにいる葉子を見て、きっと立ちどまった。

「なにしてたのよ、アヤ子。筧さんも心配して、こうしてきてくださったのよ。和ちゃんもさっきまでいたけど、学校に遅れるといけないから、ムリにいってもらった

のよ」

アヤ子はなにもいわない。だまって靴をぬぐ。葉子と母とのあいだをつかつかと通りぬけて台所へ行くと、水を飲んだ。

「アヤ子、筧さんになんとかご挨拶したらどう、こんなに人を心配させて、いったいおまえという子は……」

するとアヤ子は水で濡らした口もとをふきもせずに、はきすてるようにいった。

「いいじゃないの。ほっといてよ。よけいなお世話だわ。筧さんはあたしのことなんかより、大事な和ちゃんの心配をしてあげればいいのよ！」

悪い遊び

毎日快晴の日がつづいた。

空は涙が出るほど明るく青く高い。アヤ子はその空の下を歩きながら、ああ、きょうもまた学校を休んでしまった、と思った。なぜ学校を休みたくなるのか、学校がいやなのか、休むと楽しいことがあるからなのか……アヤ子にはわからない。なにか、悪魔の力のようなものに動かされて、意味もなく、ズルズルと休んでしまう。いけない、いけないと思いながら、学校とは反対の町へむかって歩いている。映画、ボーリング、ジャズ喫茶、ゴーゴー……なにひとつ面白いことはない。面白くも楽しくもないことがわかっているのに、アヤ子はそのほうへ行く。まるで自分自身をいじめているように、これでもか、これでもか、というように、アヤ子は道をふみはずして行く。

アヤ子はW公園を歩いていた。公園を通りぬけたところに、太田雪代の家がある。太田雪代の家は「ユキ」というスナックだ。雪代の母が経営している。雪代には父がない。

「死んだのか、それともいなくなっちまったのか、それともはじめから、パパなんていなかったのか……」

雪代はあざけるような笑い声をたてていった。

「でも、そんなこと、どうだっていいのよ。おなじことだわ」

アヤ子は雪代とこの公園のベンチで知り合ったのだ。それはあのラグビー大会開会式の夜のことだ。アヤ子はだれにも内緒でそっと富士鼓笛隊の行進を見に行った。芝生にうき出た白一色の富士鼓笛隊。寛葉子の美しい歩み。和子の愛らしいユニホーム姿。そしてあの演奏と行進のなんとすばらしかったこと!

アヤ子は、自分が出場できなかった不満も、和子への嫉妬も忘れて、手が痛くなるほど拍手をした。

「和ちゃん、すばらしいわ、立派だわ。よくやったわ……」

そういって和子の手を固くにぎろう。そうして、このあいだからのわだかまりをすっかり流してしまおう！……

アヤ子はそう思って、人ごみをかきわけて外へ出た。退場してくる鼓笛隊の中に和子を見つけようと、うす闇の中に目をこらした。やっと和子を見つけてかけ寄ろうとしたとき、いきなり、鼻先をさえぎるように、一人の少女が和子にとびついて行ったのだ。それから筧葉子がやってきた。そして、いままで和子から話に聞いたこともなかった背の高い高校生がやってきて、さも親しそうに和子に話しかけたのだった。和子はなんと嬉しそうだったろう。アヤ子がいなくても、和子はあんなに何人もの親しい友だちができたのだ。みんなは愉快そうに話しあい、声をあげて笑っていた。その光景は、まるで、ひとりぼっちのアヤ子に見せびらかそうとするようにアヤ子には見えたのだった。

「アヤちゃん！」

アヤ子を見つけたときの和子の声は、まだアヤ子の耳に残っている。和子の声を聞いたとたん、アヤ子は背をむけて走っていた。なぜ走る、なぜ逃げる……そう思いながら、アヤ子はむちゅうで逃げていたのだ。

W公園のベンチで雪代から話しかけられたのは、それからまもなくだった。

「なにしてるの、一人で……こんなところで……つまらなそうね」

雪代はなれなれしくいった。

「この先のジャズ喫茶で、これからジョニー大崎が歌うのよ。いってみない?」

アヤ子は雪代についていった。——これが不良少女というものなのだな、と思いながら。雪代はアヤ子と同い年だが、高校に入って三月目にもう退学したのだといった。そのときはアヤ子は、少しだけ気ばらしをして雪代とは別れるつもりだったのだ。だが別れぎわに雪代が、

「明日もきなさいよ。四時に。待ってるわ。こんどは友だちに紹介する」

といった言葉が、翌日になると急にはっきり思い出された。そしてアヤ子はついふらふらといってしまったのだ。

アヤ子は昨夜、雪代の家に泊まった。雪代の友だちが三人きていて、みんなでゴーゴーを踊ったり、エレキを弾いたりして夜通し遊んだ。雪代の母は店を休んでだれかと温泉へ行ったのだ。

「さあさ、飲めや歌えの大さわぎよ！」

雪代はそうさけんで、アヤ子にむりやりビールを飲ませた。アヤ子が気がついたとき、窓の外はもう白んでいて、一番電車がわびしい音をたてて走って行った。アヤ子は高校のセーラー服のまま、床に倒れて眠っていたのだ。すぐそばに雪代も眠っていた。だれがかけたのか、けばけばしい毛布が、アヤ子と雪代の上にかけられていた。

その日からアヤ子は雪代の仲間に入ってしまったのだ。

澄みわたった青い空を見ると、アヤ子には悲しみがこみあげてくる。あの空を見あげながらファイフの練習をした日のことが、もう二度とかえらぬ貴重な思い出のようによみがえってくるのだ。

——あたしはもう二度と、あのときのあたしにはもどれないんだわ……

アヤ子は暗い心で思うのだった。

——あたしはもう、不良少女の仲間に入ってしまったんだわ……

一度そんな生活に入ってしまうと、学校へ行くことも家へ帰ることも、だんだんいやになってきた。家へ帰ると母が待ちかまえていて文句をいい始める。学校へ行くと無断欠席した理由を問いつめられる。欠席のあいだに進んだ授業は、さっぱりわからない。アヤ子は雪代の母が経営しているスナックで気がむいたときだけパートタイムで働いた。そんな生活がけっして楽しいわけではない。楽しいわけではないのに、そうしてズルズルと日がたってしまったのである。

そんなある日、アヤ子の家と和子の家へ、おなじ文面の一通の葉書がまいこんだ。

「拝啓

去る昭和二十二年より貴下にお貸ししている家屋は老朽甚しく、現状のままでは補修もできませんので、取り壊したいと思います。ついてはそのことにつきご相談申し上げたいことがありますので、至急、おいでください。

大場　常義」

和子が学校から帰ってくると、めずらしくイネが家にいて、たった一枚だけ大事にしまっているよそ行きに着がえていた。

「おばさん、どこへ行くの?」

「大家の大場さんのところだよ。いきなりこの家を取りこわしてしまうなんて、ムチャをいうじゃないのさ」

「取りこわしたら、あたしたちどうなるの?」

「さあね。追ん出されるだろうね」

イネはプリプリしながら力まかせに帯を締め、締めあがった帯をポンとたたいた。

「ともかくこれからいって談判してくるよ。こっちだって、ちゃんと家賃をはらってきてるんだわ。そうそうむこうの勝手ばかりはいわせないよ」

「大家の大場さんってどこ？」

「K町だよ。お医者で金持ちのくせに、よくばりったらありゃしない」

「K町のお医者さん？」

「そうよ、大場外科っていえば古い病院でね。何代も前からこのへんの土地持ちなんだよ」

「大場外科――」

　和子はつぶやいた。K町の大場外科――すると和子の目の前に、あの日焼けした正治の顔があらわれた。正治の家が和子の家の家主だったのだろうか？

　イネはアヤ子の母と一緒に大場家へ出かけて行ったが、陽が暮れてからカンカンになって帰ってきた。大場家では、ことしじゅうにこの家を立ちのくように要求したのである。大場家ではどうやらそのあとを大場病院の分院にするつもりでいるらしいという。

「なんでも息子が二人いてさ、長男のほうにはいまの病院をつがせ、次男のほうはさきざきここで開業させるつもりらしいのよ。その次男ってのがまだ高校生でさ。これから医科大学へ行くんだろうけど、それだって入学できるかどうか、医者になれるかどうかわかりゃしないんだよ」

「けしからんやつらだ。それじゃあ医者になれるかどうかもわからんようなボンクラ息子のために、オレたちを追い出すのか」

耕作は晩酌の酔いにまかせて、正治をボンクラ息子にきめてしまった。

「とにかくこうなったら、あんただって西田さんとケンカもしていられないよ。二軒が結束してがんばらなきゃダメだからね」

「うん」

と耕作は具合悪そうに返事をした。

それにしても、このごろのアヤ子はいったいどうしてしまったのだろう。近所でも寄るとさわるとアヤ子の噂でもちきりだ。アヤ子はもう一週間も家へ帰ってこない。赤いシャツを着た男と歩いているのを見かけたという人もいれば、学校の友だちの家へ金を借りにいったらしいという噂もある。アヤ子の父は運送会社のトラック運転手だが、遠距離運転が多くて家にいることがすくない。アヤ子の母は家の立ちのき問題とアヤ子の心配で、このところめっきりやせてしまった。

和子は学校の帰りに、律子にそのことを相談した。アヤ子の噂をきくたびにアヤ子がそんなふうになってしまったのは自分のせいだと、和子は思う。そんなことはないと、いくらみんなからいわれても、そう思ってしまう。

「あたし、アヤちゃんを捜してムリに家へ引っぱってこようと思うの。R町のスナックで、ユキっていう店の娘さんと仲がいいらしいっていうのよ。そこへいってみようと思うんだけど」

「早見さんの気持ちはよくわかるわ。よし、じゃあ、あたしも手伝う——」

「あたしの顔を見たらアヤちゃんは逃げ出すと思うのよ。それをどうやってつかまえるかがむつかしいわね」

「そうだ、うちの弟を連れて行こうか。弟は走るのが得意なの。カナリヤを盗った猫を三回もつかまえたわよ」

「猫とアヤちゃんとはちがうわよ」

「だいじょうぶよ、あたしたちの力を合わせればうまくいくわ」

律子はいつも楽天的だ。そしてその楽天的な丸い鼻と赤いほっぺたを見ると、和子はなんともいえない信頼感でいっぱいになるのだった。

夜の街かど

R町はT町からバスで十五分ほど、電車で二十分ほどかかる繁華街を中心とした町である。日曜日の昼すぎ、律子と和子はR町へ出かけた。R町は広い。スナック〝ユキ〟というだけでは、捜す店はなかなか見つからなかった。何度も交番できいて、やっと捜しあてたときは、短い秋の日は暮れかけていた。

「ごめんください」

律子は和子の先に立って店のドアを押すと、あらたまった声を出した。店の中は薄暗くタバコの煙がたちこめ、客がいっぱいだったが、律子の声にみながおどろいたようにふり返った。スナックへきて「ごめんください」と挨拶する人間などあまり見たことがない。

「なんですか」

とカウンターの中からバーテンがいった。

「ちょっとうかがいますが、こちらは雪代さんって方のお母さんがやっていらっしゃるお店ですか」

「雪代ちゃんを訪ねてきたの?」

バーテンは気さくにいった。

「雪代ちゃんはいま、友だちと映画を見に行ったよ」

「映画館はどこでしょう?」

「さてと、どの映画館へ行ったのかなあ……とにかくね、そこのタバコ屋をまがって、まっすぐに行くと大通りに出るからね、そこを右のほうへどんどん行くと映画館がならんでいるよ。きっと雪代ちゃんは加山雄三の映画を見てると思うんだけどねえ……」

「ありがとう。いってみます」

律子と和子は教えられた通りに歩いて行った。加山雄三の大きな似顔の看板が目についた。

二人はその前に立ちどまった。

「どうする?」

「入ってみる?」

「でも……お金が……」

二人は顔を見合わせた。映画館の入場料はおとな四百五十円、子供三百五十円となっている。

「百二十円しかないわ」

律子はいった。

「早見さんは?」

「あたしは帰りの電車賃があるだけ……」

「じゃ、ここで出てくるのを待つしかないわね」

「寒いわねえ」

「おなかがすいてきたわねえ」

律子はいった。

「ホントにこの中にいるのかしら……」

「そうだ、いいことがあるわ。場内呼び出しをかけてもらうのよ」

「それがいいわ。じゃ、たのんでみましょう」

二人は入口へいった。

「すみませんが、中にいる人を呼んでいただきたいんですけど……」

入口の女の子はぶっきらぼうにいった。

「上映中は呼び出しができません。休憩までお待ちください」

「休憩はいつですか」

「あと一時間十分ほどです」

「えっ、一時間も……おねがい、急ぐんです。ひと声でいいから呼んでくださいませんか」

「そんなことできませんよ。ほかのお客さんに迷惑ですから」

「じゃ、すみませんが、ちょっと中へ入れてくださいませんか。映画は見ません。客席を見て、知り合いをつれ出すだけですから……ここに三十円あります。これをお礼にあげます。もっとあげたいけど、帰りの電車賃が……」

「なにをいってるんですよ。ふざけないでください」

「ふざけてなんかいません。一生懸命なんです。一刻も早くその人を呼び出さなければ、たいへんなことになるんです」

「たいへんなことって、どんなこと?」

「あ、あの、つまり、そのう、この中にいる人のお母さんが病気で……アヤ子、アヤ子とうわごとをいって……死ぬ前に一目会いたいと泣いてるんです」

入口の女の子は疑わしそうに、律子と和子をかわるがわる見た。

「お母さんが病気なのに、その人はのんきに映画なんか見にきてるんですか」

「それがあの、急病で……昼まではピンピンしていたのに、さっき、突然(とつぜん)、パッタリと」

「なにがパッタリですよ。じゃまだからむこうへいってください。そんなウソをいって、ただで入ろうとしてもダメですよ」

「そんな薄情(はくじょう)なことをいわないで……おねがい。けっしてけっしてウソはいいませんから……映画は見ません。ウソだと思ったらうしろからついてきてもいいわ」

「しつこいわねえ。あなた中学生？　高校生？　あまりしつこいと警官(けいかん)に補導(ほどう)してもらうわよ」

律子と和子はしょんぼりとその場を離(はな)れた。

「あと一時間ね」

「うちで心配してるわ、きっと……」

陽はもうとっぷり暮れている。晩秋(ばんしゅう)の夜は急に冷(ひ)え込(こ)む。

「おばさん、もう帰ったころかしら……怒ってるわ、きっと」

「電話をかけたほうがいいわ。どこか呼び出し電話ないの？」

「角の酒屋さんでいつも呼んでもらうんだけど……」

「じゃ、たのんだほうがいいわ」

和子は赤電話をかけた。聞きおぼえのある酒屋の息子の陽気な声が出てきた。

「へーい。三河屋でございます。毎度ありイ」

「ごめんなさい。三河屋さん。おねがい」

和子はいった。

「あたし、早見の家の和子ですけど、すみませんが、うちへことづけをしていただきたいの、帰りが遅くなるけど心配しないでって……」

するとと急に三河屋はすっとんきょうな声をあげてさけんだ。

「早見さんの和ちゃんかい？　たいへんだよ、どこでなにしてるんだか知らないが、すぐに帰らなきゃダメだよ。おじさんが車にはねられて、大怪我をしたんだよう……」

「えっ……おじさんが……」

「酒に酔って、ハイヤーにはねられたんだよォ……」

和子はむちゅうで受話器をおろした。

「どうしたの、早見さん、まっさおよ……」

「おじさんが……おじさんが……怪我をしたの」

「まっ、たいへん。じゃ、すぐ帰らなくちゃ……」

「でもあとのこと、どうしよう……」

「しかたない。せっかくここまできたけど、きょうはあきらめるのよ。あたしも一緒にいってあげる……」

そのとき、人気のない映画館の入口で、けたたましい笑い声がおこって、派手な服を着た三人づれの女の子が出てきた。

「つまんなかったわねえ。あんな映画、おわりまで見ていられないわ」

「ねえ、なにか食べて、それからゴーゴー喫茶へ行かない？」

そういったのはアヤ子だ。いつのまに切ったのか髪を短くして、真っ赤なセーターを着ている。

「アヤちゃん！」

和子は思わず走って行った。

「アヤちゃん、捜してたのよ、アヤちゃん。さあ、行きましょう。あたしと一緒にきて……」

その和子の手をアヤ子は乱暴にふり切った。

「あっ、アヤちゃん！」

アヤ子はものもいわず、仲間の手を取っていきおいよく和子の前を走って行ってしまった。

第七章　重なる不幸

耕作の入院

雨の多い晩秋だった。梅雨のように陰気な雨が毎日降り、一足とびに冬がきたような寒い灰色の日がつづいた。耕作の怪我のなおり方は、はかばかしくなかった。耕作をはねた自動車は人気ない夕暮れの住宅地の中に消えてしまったきり、車の型一つわからないのだった。

あの日曜日、耕作は商売を休んで夕方から酒を飲んでいた。酒好きというものは、嬉しいにつけ、悲しいにつけ酒を飲む。大場家からの立ちのき要求に腹を立てていた耕作は、いつもよりだいぶん酒の量をすごした。和子でも家にいれば、いつもきまった量だけでやめたにちがいない。しかし、家にはだれもおらず、イネは葉山家からまだ帰っていなかった。耕作は台所にあった一升瓶をおおかた空にしてしまった。それから立ちあがってふらふらしながら家を出た。耕作は酔ったいきおいで大場家へ文句をいいに出かけたのだ。耕作は正治の祖父といいあらそって、興奮して門を出たところを、車にはねられたのである。

とりあえず耕作は大場病院で手術を受けて入院した。右腰骨折で全治二カ月の重傷である。

「うちへ帰るよ。帰してくれよ。こんな因業爺いのいる病院で世話になるのはまっぴらだ……」

耕作は包帯の中でそういってあばれた。耕作をはねた車の持ち主がわからぬ以上、治療費は一方的に耕作のほうで負担しなければならない。大場病院のほうではその支払いは心配しなくてもいい、といっている。だが、支払いのことで大場病院の厚意を受ければ、文句なしに家を立ちのかなければならなくなることはわかっている。耕作はそれがくやしくてたまらないのだった。

ある朝、和子はイネにいいつけられて、坂上の住宅地へのだらだら坂をのぼって行った。イネは耕作の興奮が静まるまでつき添っていなければならなくなったのだ。そのために葉山家の仕事を数日休まなければならなかった。和子はその断りをいいに行くことをイネにたのまれたのだ。

葉山かおりの家は坂上の住宅地でも、一番の高級地といわれている高台にある。長い大谷石の塀がどこまでもつづき、鬱蒼としげった植え込みの奥のほうから、犬の吠え声が聞こえる。和子がおそるおそるブザーを押すと、しばらくして中年の婦人が出てきた。やわらかそうな着物を着て、近づくとぷんといい匂いがした。かおりの母にちがいない。和子はイネに何度もいわれたように、ていねいにおじぎをしていった。

「早見からまいりましたが、あのう、ちょっと、とりこみがありまして、四、五日休ませていただきたいのですが」

「まあ、四、五日も？　おとりこみってなんですの？」

「あのう、おじが自動車にはねられて怪我をしたものですから……」

「まあ！　で？　入院なさってるの？」

「興奮してあばれたりするので、だれかがついていないと手術のあとが回復しないいんです」

「まあ、それはたいへんねえ」

かおりの母は眉をひそめたが、ふと思い出したようにあらためて和子を見た。

「あなたなのね？　うちのかおりと同級生の方は……」

「ええ、そうです、和子といいます」

「じゃあ、あがって少し遊んでいらしたら？　……ちょうど、かおりも退屈してるところですから」

かおりの母は奥へむかって、かおりの名を呼んだ。すぐに軽い足音がして奥からかおりがかけ出してきた。

「早見さんがみえてるのよ。せっかくだからゆっくりしていただきなさい」

かおりと和子は顔を見合わせた。

「でも、急ぎますから……失礼します」

和子がそういうと、かおりは、急にその美しい目を意地悪そうに光らせていった。

「ちょうどいいわ。早見さんに聞きたいことがあったのよ。あがってちょうだい」

「なにかしら、わたしに聞きたいことって……」

かおりはいった。

「あなたは創価学会の信者だっていうけど、本当？」

「……」

「みんながいってるわよ。早見さんは創価学会だって。だからうっかり近づくと折伏されるから近づかないほうがいいわって……それにあなたのおばさんも心配してたわよ。いろいろいいたいことがあっても、自分の子供じゃないから、きついことはいえないで困ってるって……」

かおりはいった。

「早見さん、なぜ創価学会なんかに入ってるの？　なぜやっかいになってるおじさんやおばさんを困らせるようなことをするの？」

「……」

和子はくちびるをかんだ。どうしたというのだろう。かおりにこうして詰め寄られると、正々堂々と思うことをいおうと思っても、言葉が出てこない。なぜかおりに威圧されてしまうのか？　おばさんが働かせてもらっているからか？　かおりが金持ちの娘だからか？　クラスの人気者でクラス委員をしていて先生のお気に入りだからか？

「どうしたの？　なぜだまっているの？　怒ったの？　それともあたしを軽蔑してるの？」

かおりはカッとしたようにいった。

「わかったわ。あなたはお偉いから、かおりなんかと口をきかないっていうのね。たんと人をバカになさい。創価学会がどうしてそんなにお偉いのよ！」

そういってかおりは奥へかけこんでしまった。

耕作の怪我はなかなか回復しなかった。だがイネがいつまでもそばについていては収入が絶える。しかたなくイネはふたたび葉山家へ働きに行くようになった。イネのかわりに和子は学校が引けると病院へ行くことになった。そうしているうちに期末テストは近づいてくる。耕作の夕飯の世話をして帰ってきたあと、一人で食事の支度をしてあとかたづけをすると、もうくたびれはてて勉強ができない。日曜日の鼓笛隊のパート練習にも行く暇がなくなってしまった。

静かな午後、眠っている耕作のそばにだまってすわっていると、かすかに風に乗って小太鼓の音が聞こえてくることがある。正治の妹の純子が小太鼓の練習をしている音だ。また、正治と純子が肩をならべて学校から帰ってくる姿を、廊下の窓から見かけることもある。

——ああ、なぜあたしばかり、こんなに不幸せが重なるのだろう……

和子はそっとため息をついて、そう思わずにはいられない。

あたしがいったいどんな悪いことをしたというのだろう。あたしは意気地なしの弱虫かもしれないけれど、でも人の迷惑になることをしたり、人を憎んだりしたことは一度もなかった。かおりのグループが意地悪をしかけてきても、いつもさからわずに我慢してきた。それなのに、まるでなにかの罰でも受けているように、次から次へと悪いことがおきる。人間にはいくら一生懸命に正しく生きていても不幸から逃れられない人と、いいかげんに生きていても、幸せがついてまわる人と二種類あって、生まれつき不幸せな運命を背負っているほうの人間はどんなに努力をしても、一生不幸せがついてまわるのだ、とイネがいったことがある。そんなことが浮かんで気持ちが沈むと、和子は急いで病室のすみっこへいって小声で題目を唱えた。

病室はベッドが二列に四つずつならんだ大部屋である。むこうの端にいるビルの足場から落ちたという若いトビ職は、いつもいちはやく唱題の声を聞きつけてどなるのだった。

「うるさいな。こっちは病人でイライラしてるんだ。少し静かにしてくれ」

すると負けずに耕作がどなる。

「やいやい、そっちのドラ声のほうがよっぽどうるさいぞ」

「おじさん、やめて。ほかの方にご迷惑じゃないの」

和子は唱題をとちゅうでやめてしまわぬわけには行かなくなるのだ。

「ねえ、和ちゃん、おばさんがおりいって和ちゃんにたのみがあるんだけどねえ……」

ある夜、肩こりに膏薬をはりながら、イネが疲れたような声でいった。

「なあに、おばさん、変にあらたまって……」

「和ちゃん、創価学会をやめてくれないかしらねえ」

イネはいった。

「あんまり悪いことばっかり重なるんでねえ、よく考えてみたら、和ちゃんが学会へ入ってからいろんなことがおきてるのよ。隣のアヤちゃんだって、そうだろう？ もとはといえば鼓笛隊なんかに入ったのがグレ始めたもとだろう？ わたしはキツネの神さまを信仰してるし、和ちゃんは創価学会——もしかしたらコンコンさまのほうがお怒りになったんじゃないかと思ったりねえ……」

そういってイネは、大きなため息をついた。

「おばさんは、昔からコンコンさまを信仰しているけど、いったい、いままでにどんないいことがあって？ おばさんは、いつもなにかしら不平があって、ブツブツいってばかりいたし、おじさんはおじさんで年中大きな声を出して怒ってばっかり、そのあいだでわたしは意気地なしの泣き虫でメソメソしてたわね。でもおばさん、考えてみてよ。わたしが学会に入ってからどんなにかわったか。こんどのような不幸がつづいても、わたしは一度だってメソメソしたことがないでしょう？ いまは学校へいけなくなったって、そのうちにとりもどせると思って、一生懸命にがんばってるわ。目の前のことにクヨクヨせずにいつも未来を見つめてるわ。ねえおばさん、和子は強くなったと思わない？　かわったと思わない？　それを、御本尊さまの功徳だと思えない？　ねえ、おばさん。おじさんが怪我をしたのは不幸せだけれど、大切なのは、それに負けないで不幸せを乗りきる力だと思わない？　不幸せを恐れるよりも、その力をもつことのほうが大事だと思わない？　そして、その力をおばさんも持ちたいと思わない？」

「和ちゃん、いつのまにやら、ずいぶんえらそうになったわね。いったい、そんなお説教をどこでおぼえてきたのよ？　鼓笛隊で笛を吹きながら教えてもらったの？」

イネは和子の言葉をはね返すようにいった。

「おばさん――おねがい、よく聞いてちょうだい」

だが、イネはあらあらしく立ちあがっていった。

「さあさあ、寝よう、寝よう。和ちゃんのお説教を聞いていると、また熱が出てきそうだよ」

アヤ子からの電話

その翌日は日曜日である。イネは朝食をすませると、そそくさと身支度をして家を出ていった。

「きょうは葉山さんのお休みをいただいたからコンコンさまへいって帰りに病院へ行きますよ」

イネが「行ってきますよ」などとていねいな言葉を使うときは、一番きげんの悪いときである。

「場合によっては、ご祈とうをしてもらって、家のけがれをはらってもらおうと思ってね」

そういうとイネは、どんなにきげんが悪いかを知らせようとするように、カラコロといきおいよく下駄を鳴らして出ていってしまった。

イネが出ていくと、入れちがいのように表で和子の名を呼ぶ声がした。

「早見さん、和子さん、デンワですよォ」

声の主は三河屋の店員である。

「まあッ、わたしにデンワ？」

和子はびっくりして聞き返した。和子に呼び出し電話がかかってきたことなんかはじめてのことだ。酒屋の電話で呼び出してもらえることなど、律子以外に知っている者はいない。

「だれかしら？　わたしにデンワだなんて……」

「女の人だよ。すごい気の強い女でね。『早くしてよオッ、早く、早くよォ』なんて、どなってたぜ。だから、わざとゆっくりしてやったのさ」

和子は、下駄をつっかけると走った。気の強い人といえば律子にちがいない。

「もしもし。和子です」和子は息をはずませた。

「有木さん？」

するとその和子の耳に、ぶっきらぼうな低い声が聞こえてきた。

「和ちゃん、お金を貸してほしいの。本当は和ちゃんにたのみたくないのよ、でも、たのむよりしょうがないの。二千円よ。二千円がムリなら千五百円でもいいわ。きょうじゅうにいるのよ。夕方の五時に駅前のルナっていう喫茶店にいるから、もってきてほしいんだけど……」

その声はアヤ子の声だ。

「アヤちゃん、あなた、本当にアヤちゃんなの?」

和子はさけぶようにいった。

「ねえ、五時なんていわないで、すぐ会ってよ、お金のことはそのときに相談するから」

「ダメよ、わたしのいう通りにするのよ、夕方の五時、駅前のルナよ。母さんにいわないでね。もし、だれかおとなにいったら、あたしこんどこそ行方をくらますわよ。いい? わかったわね。じゃ、バイバイ——」

「あっ、待って、アヤちゃん……」

電話はもう切れていた。和子はぼうぜんとして家へもどった。アヤ子の母にいうべきだろうか? アヤ子は母にいうなといった。だがアヤ子は二千円もの金が貧乏な豆腐屋のやっかい者である和子にすぐに作れると思っているのだろうか?

和子はとほうにくれた。勝手なときに勝手なことをいってくるアヤ子だが、和子はその自分勝手さに腹を立てるよりも、アヤ子のいってきたたのみごとのほうを心配してしまう。和子はそんな女の子なのだ。

和子は耕作の洗濯物をもって家を出た。昼前には病院へ行くはずだったのが、アヤ子の電話で遅くなってしまった。耕作の食事は病院で出してくれるが、和子がそばについてめんどうをみないとうまく食べられないのである。和子が大いそぎで病院の門を入って行くと、前庭にあるガレージのうしろのほうから茶色い物が走ってきて、和子にとびついた。ロンだ。大場家の住居はガレージのうしろにある深い植え込みのむこうにあるのだ。

「まあ、ロン、ひさしぶりね」

和子は、ロンが自分をおぼえていてくれたことが嬉しくて、思わず立ちどまって背中をかいてやっていると、口笛を吹き鳴らしながら正治がガレージのうしろからやってきた。

「やあ、ひさしぶりだね、元気？」

正治とはラグビー大会の開会式以来、はじめて会う。正治はけげんそうに和子を見ていった。

「でも君、こんなところでなにしてるの？」

病院のできごとは正治はなにも知らないのだ。それにおそらく家の立ちのき問題で、正治の祖父に和子一家が苦しめられていることも。正治の日焼けした顔は少し色がさめたようだ。受験勉強が本格的になってきて、もう音楽隊のパレードにもあまり出なくなったためなのだろう。

「大場さんのところで、おじさんが世話になってるの」

和子がいうと、正治は目を丸くした。

「おじさんが？　入院でもしてるの？　あのガンコおじさんがかい？」

「そうなの。この近くで自動車にはねられて……」

「それはちっとも知らなかったなあ。で、どうなの、容態（ようだい）は……」

「腰の骨を折って……なかなかよくならないのよ。先生のいいつけを守らないものだから……」

「しかしいったい、どうして自動車にはねられたりしたんだい？」

「とてもお酒に酔っていて……」

和子はいいかけて、急に口をつぐんだ。耕作が酒に酔ったのは、正治一家のためなのだ。正治一家が耕作に酒を飲ませ、怪我をさせたといえないこともない――

「とにかく、あとでお見舞（みま）いに行くよ」

正治はそういうとロンを連れて走って行った。

和子は病室へ行くと耕作の昼食の世話をした。

「おばさんはコンコンさまへいってて、帰りにこちらへまわるっていってたわ」

和子は耕作にいった。イネがきたら和子は病院を出て、アヤ子の指定した喫茶店へ行こうと思う。お金ができてもできなくても、とにかく行けばようすがわかる。和子はそのことを耕作に話した。

「しょうのねえやつだなあ、あのガンモドキは……」

耕作はうなるようにいった。

「おとなに話したら、行方をくらますっていったのか……」

「そうなの。だからあたし、しかたないから一人でいってみるわ」

「おまえが一人じゃ心もとないなあ……」

「じゃ、律子さんに一緒にいってもらうわ」

「律子ってあの理髪店の娘のおしゃべりか」

耕作はいった。

「あれも気が強いばっかりで、知恵のあるほうじゃなさそうだしなあ」

「じゃ寛さんに相談してみるわ。寛さんもアヤちゃんのことはずいぶん心配してたから……」

病室のドアが開いて正治が入ってきた。両手でみごとな鉢植えの菊をかかえている。

「おじさん、いかがですか。ぼくのところに入院してらしたことちっとも知らなかったんです。さっき早見くんに会ってはじめて知ったんだけど、これ、お見舞いです。急いだもんで、おじいさんの丹精しているのをちょいと借用してきたんです。どうです、きれいでしょう……」

正治は菊を置くと、耕作と和子をかわるがわる見ながらいった。

「不自由なことがあったら、なんでも遠慮なくいってくださいよ。そして、早くよくなってください」

とたんに耕作の怪我人とは思えぬ割れ鐘のような声が、病室中にひびきわたった。

「あんな因業爺いの作った菊なんか見たくもねえや。さっさともって帰ってくれ!」

交換条件

「正治さん、待って……」

和子はさけびながら、階段を二段跳びに飛びおりた。せっかくもってきた菊の鉢植えを重そうにかかえて、正治は病院の前庭を横切って行く。和子はやっと追いつくと、前へまわってハアハアと息を切らせた。

「ごめんなさい……正治さん、説明するから聞いてちょうだい」

正治は菊をもったまま、がっかりしたようにいった。

「おどろいたなあ、なにがなんだかわけがわからないよ。ぼくはおじさんに喜(よろこ)んでもらおうと思ってしたことなのに……」

「説明するから、まず、その菊を下においてよ」

「じゃ、ここまできたんだからぼくの部屋へ行こうか。なんだかこみ入った話らしいから」

正治はそういうと、先に立ってガレージのうしろへまわって行った。深い植え込みのあいだの小径(こみち)を行くと、むこうに内玄関(うちげんかん)がある。

「おあがりよ」

ぶっきらぼうにそういうと、先に立って正面の階段をあがって行った。正治の部屋は階段をあがったところにある洋風の部屋だ。「勝利」と大書した紙が正面の壁(かべ)にはってある。左の壁ぎわに大きな本棚(ほんだな)。その上に町を行く音楽隊の写真がかざってある。

和子はことのあらましを話した。なぜあの夜、耕作が酔っぱらっていたか。なぜ、正治のもってきた菊の花をつき返したか。

「そうか、ちっとも知らなかったよ。申しわけない——」

正治は少年らしく闊達に頭をさげて、いった。

「早見くん。ぼくはきっと、きっとなんとかするよ。家の立ちのきは、必ずやめさせて見せる。家が老朽しているのなら、新しく建てかえるのが家主の義務じゃないか。ぼくは祖父とケンカしてでもこの問題は解決する。そのことをおじさんにつたえて安心してもらってほしいな」

それから正治はちょっとあらたまっていった。

「で、経済のほうは？　……早見くん、だいじょうぶなの？　もしなんだったら、失礼だけど、できるだけのことはさせてもらうよ」

「ありがとう」

和子はうつむいた。指が無意識にスカートをよじった。和子はそのとき、アヤ子の二千円のことを頭にうかべたのだ。

——正治に借りようか？

だがそんなことがいえるはずがない。家の立ちのき問題を解決してくれるといった正治にむかって、その上にいきなり二千円を——などといい出すのはあまりにあつかましい話だ……

「なに？　なにかいいたいことがあるの？」

和子のようすを見て、正治はやさしくきいた。

「お金のこと？　そうだったら遠慮しないでいってほしいな。そうすればぼくのほうもどんなにか嬉しいんだ。少しでも君の役に立てることがあったと思うと、気分的に助かるんだよ」

正治はいった。

「君、おねがいだから、ぼくを助けると思って、金を借りてくれよ」

正治のそのいい方に、和子は思わずふき出した。ふき出したことで、それまでの重苦しい雰囲気(ふんいき)が消えた。和子はいった。

「あのねえ、ホントはいま、ふっと、二千円借りようかな、と思ったのよ」

「二千円？　お安いご用だ」

正治はいそいそと立ちあがって、壁にぶらさげてある学生服の上着のポケットを探(さぐ)る。

「でもねえ、それ、あたしたちの生活のためじゃないの。きょう友だちにたのまれたお金なの。でもそのお金を貸すのがいいか、貸さないほうがいいか、ホントはあたし、よくわからないの」

和子はアヤ子の話を正治にした。

「うーん、むつかしいな……」

正治は腕組(うでぐ)みをして考えこんでいたが、

「よしッ、五時にぼくが一緒に行こう」

「なんですって、正治さんが」

「そうだ。強引(ごういん)に連れて帰ってくるんだ。いやだといったら、引っかついでも連れてくる」

「いってくださる? ホント! でも、勉強のほうは? ……」

「勉強よりも大事なことが世の中にはいっぱいあるよ」

そのとき階下(かいか)のほうから、ものすごいどなり声が聞こえてきた。

「わしの大事な菊が一鉢足(た)りんぞーッ、だれがもっていったアーッ!」

「いけねえ。じいさんだ」

正治はあわてて立ちあがると足音をしのばせて部屋を出ながらいった。

「行こう、行こう、早見くん。急ごう」

ルナという喫茶店は、S駅前広場を見おろす小さなビルの二階にあった。正治と和子がそこに着いたのは、約束よりも三十分早い時間だった。正治は和子のためにココアを、自分はコーヒーを注文した。和子は喫茶店などというところに入ったのははじめてである。白く塗ったしゃれた椅子や壁の油絵や、見たこともないような鉢植えの花を見ていると、まるで晴れがましい場所にでもきたかのように緊張してしまう。正治がテーブルの紙ナプキンを取って、こぼしたコーヒーをふいたりするのを見ると、勝手にそんなことをして、しかられはしないかと心配になってくるのである。

約束の五時を十分ほどすぎたとき、アヤ子が入ってきた。しばらく見ないうちにアヤ子はやせて顎がとがり、どことなく疲労したような険悪な表情になっている。アヤ子は手をあげて合図した和子を見ると、つかつかと近づいてきたが、その前にすわっている正治を見て、はっと顔をこわばらせた。

「大場正治といいます。実はぼく……」

正治がいいかけるのを、アヤ子はつっけんどんにさえぎった。

「音楽隊の人でしょ。知ってるわ。グラフでよく見たもの。ハンサムだから忘れないのよ」

そういうと、正治のほうを無視して和子に話しかけた。

「和ちゃん、もってきてくれた？」

「それがねえ、二千円なんて大金、とてもあたしには……」

「ないことぐらいわかってるわよ。それを承知でたのんだんだから、よくよくのことなんだと思ってくれなかった？」

「ええ、だから、あたし、大場さんにおねがいして……」

アヤ子は正治のほうへむきなおった。

「貸してくださるの？　ありがと。利息つけて必ず返すわ」

「その金はなににいるんですか。金はもってきているけれども、場合によっては貸すのをやめるかもしれない」

「フン、いやにいばるのねえ」

そういって入口のほうを見たアヤ子は、軽く手をあげて合図した。

黒っぽいショールをし、ひとかかえもありそうな胴まわりをした和服の中年女が近づいてきた。

「こんにちは」

女はみんなにむかってそういうと、どこかずうずうしい感じでアヤ子の前にすわった。

「お金を返していただけるんで？」

と細い小さな目で正治と和子をかわるがわる見る。

「あたしの友だちのお母さん――」

アヤ子は横をむいたまま投げ捨てるようにいった。女は雪代の母で、スナック〝ユキ〟を経営している。アヤ子はときどきその店を手伝うという条件で、ユキの二階に寝起きをさせてもらっていたが、その売りあげの中から、五千円あまりの金を無断借用してしまったのだ。無断借用といえば盗みも同然ということになるが、実際に売りあげの中から金を持ち出したのは雪代である。しかしアヤ子は一緒になってそれをゴーゴー喫茶や映画やボーリングで使ったことで、その半額を返さなければならないことになったのだった。

「事情はわかりました」

正治は雪代の母にそういってから、アヤ子に顔をむけた。

「お金はぼくが貸す。ただし条件があるんだけど……」

「条件？」

アヤ子はふくれ面を正治にむけた。

「金を貸すかわりに、ぼくらと一緒に家へ帰ることだ」

「アヤちゃん、大場さんのいう通りにしましょうよ。そして帰りましょう。アヤちゃんちのおばさんにはなにもいっていないから安心して帰ればいいのよ」

和子もそばからいった。アヤ子はだまりこくったままだ。そばから雪代の母が口を出した。

「アヤ子さん、そうなさいよ。この人のいう通りにしないと、お金は入らないのよ。なにも考えることはないわ。とにかくあたしのほうは二千円もらわないとだまっちゃいないからねえ。あんたの親御さんのところへ行くよりしょうがなくなるわ」

それでもしばらくだまっていたアヤ子は、しぶしぶ、

「じゃ、そうするわ」

といった。

「帰ってくれる？　アヤちゃん」

「しかたないわ。きょうのところは帰るわ」

正治はポケットから金を出して雪代の母に渡した。

「アヤ子さんはいいお友だちをもって幸せねえ。こんな親切な人たちってなかなかいないわよ。大事にしなさい」

雪代の母はそういって金をハンドバッグにしまうと、ふとったからだをゆすりながら帰って行った。

第八章　師走の風寒く

メソメソ屋さんじゃない

十二月に入って耕作は、ようやく大場病院から退院してきた。といってもまったく回復したわけではない。耕作は〝カタキの大場〟にこれ以上、世話になるのはいやだといって、医師の反対を押しきってむりやりに退院してしまったのだ。

和子の期末テストはさんざんの成績でおわった。二学期の後半は耕作の怪我のために学校を休む日も多かった。終業式の日、和子は担任の加藤先生に呼ばれた。加藤先生は和子を人気のない宿直室へ連れて行った。加藤先生は三十を二つ三つすぎた一人ものの女の先生で、どういうわけか顔からはみ出すような大きなメガネをかけている。なぜそんな大きなメガネをかけるかといえば、目があまりに小さいので、せめてメガネなりとも大きくしているのだ、という生徒間のもっぱらのひょうばんである。

加藤先生は大きなメガネの下の小さな目を、じっと和子にそそいでいった。

「早見さん、前から一度、あなたに話そうと思っていたんだけどねえ。あなたについてよくない噂を耳にするのよ。それに今学期の成績はあんまりひどいですからね。その噂を信じたくはないけれど、こういう成績を見るとやっぱりそうかなという気になってしまいます」

加藤先生の大メガネはキラキラと光った。

「早見さん、あなたは男の高校生と親しくしていて、二人で陽が暮れてからS駅前の喫茶店にいたっていうけど、本当?」

和子はギョッとして加藤先生を見つめた。男の高校生といえば正治のことだ。いったいだれがそれを見て、先生にいいつけたのだろう。

「それに早見さん、あなた、創価学会の鼓笛隊とかに入っているってことも聞いたけど、本当ですか?」

先生はいった。

「そりゃ信仰は自由だから、創価学会に入っていることについては、先生はとやかくいいません。だけど鼓笛隊とかで笛の練習ばかりしているうちに、勉強のほうがおろそかになったんじゃないんですか。あなたには前からクラスの人たちともあまりとけこまずに、いつも一人孤立しているようなところがありました。クラスの評判もあまりいいほうじゃないいんですよ」

和子はかおりの顔を思いうかべた。かおりが加藤先生にいろんなことをいいつけたのにちがいない。かおりはクラス委員をしていて加藤先生のお気に入りなのだ。

「先生――」

和子は思いきっていった。

「わたしの成績のさがったのは学会のせいじゃありません。わたしの努力が足りなかったんです。鼓笛隊のために勉強をしなかったんじゃありません。先生、一学期のはじめにわたしは先生から気が弱くていじけているって注意を受けました。あのころにくらべて、いまのわたしはそんなに悪くなっていると、自分では思っていません。前のわたしならいま、先生にいわれたことだけでもう泣いていたと思います。でも、いまはちがうんです。二学期が悪かったから三学期でがんばろうという気持ちになっています。男の高校生と喫茶店へ行ったことは本当です。けれど、遊び半分じゃありません。家(いえ)を出た友だちを迎(むか)えにいったんです。こみ入った事情(じじょう)があるので、その人についていってもらったんです」

「なるほどね。よくわかったわ。あなたはたしかにメソメソ屋さんじゃなくなったわね」

加藤先生は半信半疑という顔つきでいった。

「あなたは、たしかにしっかりしてきたわね。でも、それがいいほうへむくか、悪いほうへむくか、なにもかも三学期を見てから、ということにしましょう」

みなが帰ってしまった学校の廊下を歩きながら、和子はなさけなさとくやしさの入りまじった憂鬱で胸がふさいでいた。

あたしはこんなに一生懸命に生きているつもりなのに、なぜみんなはあたしを嫌うのだろう？……

和子はそのことが悲しい。きっとあたしが貧乏な豆腐屋のやっかい者だからみんなはあたしを頭から軽蔑しているんだわ。

和子はうなだれて校門を出た。和子はいまも、イネがかおりの母からもらってきた、かおりの着古したオーバーを着ている。それを着て学校へ行くくらいなら、冬じゅう、オーバーなしでいるほうがいいと和子はいいたかった。だが、それをいう資格は和子にはないのだ。和子はやっかい者だ。そしてやっかい者というものは、世話になっている人のいうことはどんなことでも素直に聞かなくてはならないのだ。

和子が家へ帰ると耕作は日あたりのいい窓のそばにうずくまって新聞の求人欄を見ていた。

「おじさん、ただいま。おなかがすいたでしょう。ごめんね。すぐにお昼の支度をするわ」

「終業式だってのに遅かったじゃないか」

「ええ、ちょっと用事があって……」

イネが買っておいてくれたアジの干物が一匹、俎板の上に乗っている。これを耕作と二人で半分ずつ食べるのだ。耕作が怪我をしてから、イネはますます家計を切りつめるようになっていた。

「なあ和子、これだけ求人が出ているが、オレにむくのはなかなかないもんだなあ」

「おじさん、就職するの？」

「しないじゃいられないだろ。こんなからだになっちゃ豆腐屋はもうできねえからな。どこか守衛のような仕事でもないかと思ってな」

「でもおじさん、まだ働くのはムリだわ」

「ムリだったって、働かねえじゃおれねえよ」

耕作は怒ったようにいった。

「大場の入院費だって借りっぱなしだしな」

「でも、あれは心配しなくていいって、大場さんのほうじゃいってくれてるわ」

「そうはいかねえ……」

耕作は大声をあげた。

「いらねえったって、はらうよ。入院費とさしかえに家を出ていかされちゃ、たまったもんじゃねえ」

「だから、それは正治さんが責任もっておじいさんにかけ合うっていってくれてるから」

「正治……あのノッポか」

耕作は憎らしそうにいった。

「和子はあんなやつにたのんだのか。あんなノッポとつきあうのはよしとけよ。これからケンカをする相手だ、ややこしくていけねえ……」

「おじさん、そんなこというもんじゃないわ。せっかく正治さんが同情してくれてるのに」

「同情？　なにをいうか」

耕作は手の新聞を投げた。

「なにが嫌いといって、オレは人から同情されるほど嫌いなことはねえんだ。同情されるくらいなら憎まれた方がいいんだ。いいか、和子、もう二度とあのノッポに同情されるようなことはいうな！」

路地のむこうを歳末大売出しのチンドン屋が通って行く。

「もうすぐ正月だな」

耕作は、どなられてしょんぼりしてしまった和子のきげんを取るようにしんみりといった。

「正月には和子にセーターぐらい買ってやりたいものだなあ……」

冬休みのアルバイト

翌日、和子は律子を訪ねた。耕作が家計のことを思って、まだじゅうぶんなおっていないのに職を探しているのを見ると、冬休みのあいだだけでも、和子にできるアルバイトがあれば、それをしていくらかでも家計のたしにしたいと思ったのだ。

だが中学二年生の和子に、いったいなにができるだろう？　こんなおチビですりきれたズックの靴をはいているみすぼらしい女の子を、だれがやとってくれるだろう？

和子がいったとき、律子は白いエプロンをかけて、店でかいがいしく客の頭を洗っていた。十二月に入ってどこの理髪店も子供客でいっぱいだが、律子の店はほかの店ほどに客はこんでいない。それでもふだんの日よりは忙しそうで、律子は大いにはり切っている。お客一人につき十円の手伝い賃が入るからだ。

律子はいま、近藤くんという同級生にたのんで、ふつうの小太鼓のバチよりもっと重いバチを作ってもらっているのだ。近藤くんの父は指物師で、近藤くんもその父に似て器用にいろいろな物を作る。律子はこれまでにもう、三回も練習台でバチを折ってしまった。

「なにもバチの折れるほど力を入れてひっぱたかなくてもよさそうなものにねえ」

とそのたびに母はため息をついた。そこで律子は、折れることを心配しないで思いきってたたける太いバチを近藤くんに作ってもらうことにしたのだ。その材料と手間賃を律子は店の手伝い賃で作ろうとしているのである。

「待っててね、和ちゃん」

律子は工員ふうの男の頭をかわいたタオルでふきながら和子にいった。

「これ一コ片づけたらもうおわりだから」

「おいおい、一コとはなんだ、一コとは」

工員はタオルの中で怒っている。

「ごめんなさい。毛が薄い頭をふいてるとつい、頭ってカンジがしなくなるのよ」

「じょうだんいうなよ。人の頭を西瓜ナミにあつかいやがって」

「毛が薄くてもやっぱり、手入れをしなくちゃならないなんて、考えてみれば気の毒ねえ」

「そうだよ。散髪代は半額にしてくれるわけじゃなしさ」

客は顔見知りらしく、ひどく怒りもしないでのんきに話している。

「ところで、兄ちゃんはどうした？　出ていったきりかい？」

「そうなのよ。こんなボロい店、いらねえからだれにでもくれてやる、なんていってねえ、欲があるんだかないんだか……」

律子の母が返事をした。

「あの子がいてくれれば、若いお客ももうすこし引っぱれるんですがねえ。父さんとおじいさんじゃあ」

「くるのはオレみたいな客ばかりか……ま、来年もよろしくたのみますよ」

そういって客は寒そうに首をすくめながら出ていった。

「お待ちどうさま。表へ行こうか」

律子はエプロンをはずすとカーディガンを着て表へ出た。道を横切り、ガソリン・

スタンド裏の小さな空地の日だまりで二人は話した。

「いつも相談ごとにばかりくるみたいだけど、冬休みのあいだ、どこか、働くところってないかしら。あたし、いくらかでも家へお金を入れたいのよ」

「そうねえ。あたしの店がバーバー・シラサキくらいに忙しければきてもらうんだけどねえ」

律子は考えていたが、

「そうだわ、大場さんのところへ行けば?」

「大場さん?」

「あれだけ大きな病院だもの、なにか働き口はあるわよ。正治さんにたのんでみてごらん」

「正治さんに?」

と、和子はあまり気のすすまぬ声を出した。アヤ子のときにも正治に迷惑をかけている。アヤ子はその後、家に落ち着いて、高校はやめたが近くのスーパーマーケットで働いている。だがあのときの二千円を正治に返したようすはないのだ。これ以上、正治にたのみごとをするのは気が引ける。だいいち、そんなことを耕作が許すはずがないのだ。

しかし中学生の和子を働かせてくれるところなど、そうザラにあるわけではない。けっきょく、和子は冬休みのあいだ大場病院で働くことになった。大場病院での和子の仕事は、洗濯した包帯を巻いたり、ガーゼを伸ばしてたたんだりすることである。洗濯場の横にある小部屋で、前からその仕事をしている七十近いおばあさんと二人で包帯を巻く。それがおわると病室のほうへいって患者の使い走りをしたり、食事を運んだりする。

働き始めて三日目に、律子がようすを見にやってきた。律子はやっとできあがった近藤くんのバチを和子に見せたくてきたのだ。バチはいままでの倍はあるかと思えるほど太く、あまり手ぎわがよいとはいえないできである。

「でも重いバチで練習すると、腕があがるのよ」

律子は得意気にいった。まるでそのバチを作っただけで、もう腕があがったかのような顔つきだ。

「純子さんの小太鼓をこれでたたかせてもらおうと思うの。練習台をぶんなぐるばかりじゃねえ、どうも気分が出ないわ」

十二月に入って、鼓笛隊のパート練習も休みになっている。太鼓をもっていない律子は、パート練習のときに隊のを借りてたたくのが楽しみでたまらなかったのだ。

和子の仕事は三時におわる。二人はつれ立って純子を訪ねた。ガレージのうしろをまわって行くと、ロンがほえながら走ってきた。純子が五つ打ちの練習をしているのが聞こえてくる。五つ打ちというのは、右手で二つ打ちし、左手で二つ打ちをし、右手の一つ打ちでおわる打ち方である。このこつを会得すれば、たいていの譜は打てるようになる。ちょうど律子も、この五つ打ちを練習しているところなのだった。純子はいま、その五つ打ちをそうとう早いスピードでやっている。

「あっ、あっ……ダメ……ごまかしてる。ダメ、ダメ、はじめからやりなおし！　こら！　そんなに先へ進んではいけないわよ」

律子は純子の部屋のガラス窓を、外からたたきながらいった。純子の部屋は、この家の東の端につき出した渡り廊下のむこうに建っている洋風の離れである。もとは純子の父の研究室だったのを、純子がねだって強引に自分の部屋にしてしまったのだ。

カーペットを敷いた広い部屋のまん中に据えた小太鼓を前にして、純子は直立している。窓に重なった律子と和子の顔を見て、走ってきた。

「見てよ、このバチ、どう？　すごいでしょ」

律子はさっそく、自慢のバチを純子に見せた。

「わっ、重いのねえ……こんなので打つの？」

「そうよ。このすごいので打たせてもらおうと思ってきたの」

「どうぞ、どうぞ。やってみてちょうだい」

二人は部屋に入った。いかにも少女らしく造花や写真や美しい絵にとりかこまれた愛らしい部屋だ。こんな部屋で勉強をし、好きなときに好きなだけ、手入れの行き届いたピカピカした小太鼓を打っていられる純子は、本当にめぐまれた少女だと和子は思う。だが、律子のほうはいっこうにそんなことを思うようすもなく、小太鼓の前に立つとすぐに両方の腕を伸ばしたりちぢめたりして、手首の準備運動をはじめた。

「さて、では一本七十グラムのこのバチにて、これより模範奏法をおこないます」

そういうとおもむろに、ゆっくりと右手の五つ打ちをし、左手の五つ打ちをし、次第に速度を早めていった。だが、

「まっ、すばらしいわ！」

と純子が無邪気にさけんだとたん、リズムはみだれて、なさけない悲鳴があがった。

「わっ、もうダメ」

「バチが重すぎるんじゃないの」

和子がいうと、うらめしそうな顔になっていった。

「イキがるとこういうことになるのね」

と純子。

「いいわよ、いまにこの七十グラムのバチを、自由自在に使いこなすようになって見せるから」

「でもこれなら、そう簡単に折れないわねえ」

「弟がおっかながってるのよ。これでなぐられたらこたえるだろうなあ、って……」

三人は声をそろえて笑った。

まずしい正月

和子はお歳暮に、病院からもらったわずかなアルバイト料でイネに毛糸の足袋を、耕作に四合の酒を買ってきた。

「おじさん、元気を出してよ。ほら、少しだけどお酒を買ってきたわ」

和子がそういって酒ビンを見せると、耕作は一度は嬉しそうに顔をほころばせたが、ふと思いなおしたように頭を振った。

「ありがてえが和子、オレはその酒は飲まねえよ」

「あら、どうして？　おじさん。そんなこといわないで、これを飲んで元気を出してよ」

「和子みたいなチビが働いて取った金で、なんでおじのオレが酒なんか飲んでいられるかい」

耕作は、そういうと、たたみの上にゴロリと横になった。

「あーあ、なさけねえなあ。朝から晩まであんなに一生懸命に働いて、そのあげくがこのザマだ。いったいこのオレがどんな悪いことをしたというんだい？　えっ？　和子、聞いてみてくれよ。おまえの御本尊さまとやらに聞いてみてくれよ。まじめに働いている者に不幸せがふりかかるのはどういうわけか、聞いてみておくれ」

「おじさん、本当にそれを知りたいと思う？　だったらおじさん、なにも考えないで、御本尊さまにおねがいするのよ。そうしてお題目を唱えるのよ。そうしたらおじさん、いままで不幸せだった理由がわかるようになってくるわ」

和子は、声をはずませていった。

「おじさん、本当よ。御本尊さまにおねがいしていけば、いまにきっと、なにもかもよくなるわ」

するとすると、台所からイネのはらだたしげな声がいった。

「和ちゃん、いいかげんにしておくれ。これ以上、おじさんまでお題目を唱え始めたら、わたしは、この家を出ていくよりしょうがなくなるからね」

「だっておばさん……」

いいかける和子の言葉を、押しつぶすようにイネはいった。

「隣のアヤちゃんをごらん。創価学会へ入ってあのザマじゃないのさ。やっと連れもどしてきたと思ったら、このごろじゃ、またグレ出して、本通りのマルシンの息子なんかと遊びまわってるよ」

「アヤちゃんは、マルシンで働いているのよ。遊びまわってるんじゃないわ」

「どうだかね。このごろの化粧の濃いこと。まだ十七だっていうのにねえ……」

マルシンというのは本通りにあるスーパーマーケットで、そこの三郎という息子は、このへんであまり評判のよい青年ではない。和子は急に心配になってきた。大場病院へアルバイトに行くようになってから、和子はアヤ子とロクに会っていないのだ。

「御本尊さまだか、なんだか知らないけれど、アヤちゃんにしろ、うちにしろ、ロクなことがおこっていないんだからね……」

和子は正月の三日に大合奏をしようという誘いを、正治と純子から受けていた。場所は純子の部屋、メンバーは和子、律子、正治兄妹に筧さん、その他音楽隊の男子も

二、三人呼ぶという。
「一番にきてもらいたいのは西田さんなんだ」

正治はいった。

「西田さんをもう一度、ぜひ鼓笛隊にもどしたいんだよ」

和子もそれに大賛成だった。正治はきっとアヤ子のためにこの集まりを考えたにちがいないのだ。

夜、和子はアヤ子の家へいった。窓の外からアヤ子の名を呼ぶと、中からめんどうくさそうな声が、

「なあに？　なんの用？」

と窓をあけもせずにいった。

「正治さんのことづけできたの、ここをあけてくれない？」

和子がいうと、窓のむこうでアヤ子は急に冷ややかになったようだった。

「お金の催促ね？　わかってるわ。年内には必ず返すわよ」

「そんなことじゃないのよ。お金のことなんかあの人はなにもいってないわ」

「じゃ、なんの用？」

「お正月の三日に、大場さんの家で合奏をしようっていうの。筧さんや律子さんも行

くわ。音楽隊の人もくるんだって。正治さんはぜひ、アヤちゃんにきてもらってほしいっていうのよ」

アヤ子はちょっとだまったが、急に高くはりあげた声でいった。

「そんなことといっておびき出して、あたしをとっちめる気ね?」

「なにをいうのよ、アヤちゃん、正治さんはアヤちゃんをもう一度、鼓笛隊にもどしたいのよ。本当にアヤちゃんのことを心配してるのに、どうしてそんなことをいうの?」

「あたしが鼓笛隊にもどったって意味ないのよ。音楽の才能ゼロの者がいくら笛吹いたってしょうがないじゃないの。どうしてそんなムダなことを考えるのかしらねえ……」

「アヤちゃん……」

アヤ子は窓のところまで立ってきた。影法師がカーテンにうつっている。しかしアヤ子は窓をあけない。影法師のアヤ子はいった。

「あたしみたいな者は、正治さんや和ちゃんや寛さんたちみたいなまじめで清らかな人たちとつきあう資格ないのよ。あなたたちはあなたたち、あたしはあたしにむいている友だちがいる。そんな連中とつきあってるほうが、引け目もないし気が楽なのよ」

アヤ子の声がふるえた。

「アヤちゃん、ちょっとここをあけてよ」

「あけたってしょうがないわ。和ちゃんの顔見たら、自分がみじめになるばっかりだもの。あたしね、和ちゃん、この前学校の友だちに道で会ったのよ。そうしたら、みんなあたしをジロジロ見て、それからプイと横をむいて行ってしまったわ。どうせ、あたしはみんなから不良に見られてるのよ。いくらあらためても、もうダメなのよ。それなら、不良は不良とつきあってるほうが……」

アヤ子の声は急にとぎれた。泣いているのだろうか。

「アヤちゃん！　アヤちゃん！」

何度呼んでも、もう答えはなかった。

和子の一家はまずしい正月を迎えた。いままでもけっして豊かではなかったが、こんどの正月ほどまずしい正月ははじめてだった。イネが葉山家からもらってきた、おせち料理のあまりが、和子たちの元日のさびしい膳の上にならんでいた。三人で雑煮を祝うこともなく、イネはそれを膳の上にならべただけで朝早くから葉山家へ働きにいってしまった。和子は三日間は病院のほうを休ませてもらうことになっている。路地のあたりで追羽の音がしてるのが、正月らしいというよりも、かえって変にさびしい。きょねんの元日は日の出と一緒にアヤ子のファイフがはじまり、耕作のどなり声やアヤ子の母のいい返す声や、弟のはやす声、近所の人の笑い声などでにぎやかだったが、ことしはアヤ子の家も和子の家もしんとしている。耕作はもう、どなる元気もなくなっているのだ。

「おじさん、お雑煮ができたわ」

和子は寝ている耕作に声をかけた。

「暮れに買ったお酒がまだ少し残ってるわ。おかんをつけるから、おきていらっしゃいよ」

「うーん」

耕作は無精たらしく返事をすると、どてらのまま、のそのそとお膳の前にすわった。そのどてらの肩が破れて、中からはみ出ている綿に元日の朝日があたっている。

「おめでとうございます」

和子はちょっとあらたまって耕作にいったが、耕作は無精ヒゲを手のひらでこすりながら、

「うーん」

とうなるばかりである。

「これでもめでてえというのかなあ、いっこうにうちはめでたくないが……」

「おじさん、元気を出してよ。ことしはきっといいことがあるわ。あたしはそう思ってるの」

「そうかい。いいことがあるかねえ」

気のない返事だ。

さびしい食事をおわると、和子はファイフをもって家を出た。足はしぜんにK町へむかう。お宮の石段の十八段目。そこにすわってファイフをくちびるにあてた。むこうにひろがる元日の町々は、晴れあがった冬の日ざしの下に、平和にひろがっている。ならんでいる黒い細かな屋根屋根、学校の大きな建物、工場、銀行、森、川……

和子は静かに「荒城の月」を吹いた。ここではじめて会ったとき、正治が吹いた曲だ。そのとき、和子はここに立って、自分も早くその曲を吹けるようになりたいと思ったこともおぼえている。あれはきょねんの春のころのことだった。あれからの十カ月のあいだに、和子はずいぶんかわった。いろんなことがあったが、なによりも嬉しいことは、ファイフを鳴らすこともできなかった和子が、いまここで「荒城の月」を吹いているということだ。

――がんばればできるんだわ……

和子は町にむかって声に出していった。そのことを早く、アヤ子も知ってほしいと思った。

第九章　新しい年

新年の誓い

　去年のラグビー大会の出場以来、耕作は和子が学会員であることを見て見ぬふりをするようになった。しかしイネは耕作が寛大になればなるほど、やっきになって文句をいう。

「勤行会だかなんだか知らないけれど、中学の女の子が正月早々に出かけて行くなんて、あたしはぜったたい、反対しますよ」

「まあそういうな。和子は一生懸命なんだ」

「一生懸命だから困るのよ。実際、あんたも怪我をしてからだらしなくなってしまったわねえ。タコと創価学会はこの世で一番嫌いっていってたくせに……」

「しかし、そのなんだ、オレは嫌いだが、オレが嫌いだからといって和子まで嫌いになれったって、そりゃムリというもんだ。だいたいおまえだって、オレがタコ嫌いでも、しょっちゅうタコを買ってるじゃねえか」

「変なりくつだねえ。わかったようなわからないような……」

イネはあきらめて、だまってしまった。

元日の朝、和子は葉子と一緒に、T町とK町の境にある学会の会館で開かれる新年勤行会に出かけた。

「おじさん、御本尊さまにおじさんの怪我のこともおねがいしてくるわ」

出がけに和子がそういったが、耕作は和子に背をむけたまま「うむ」といっただけだ。耕作が創価学会を嫌いなことにかわりはないのだ。ただ耕作は和子をむりやりにやめさせようとはしなくなっている。

「もうすぐよ、和子さん」

電車の中で寛葉子は和子を励ました。

「あなたの力でおじさんを春までに折伏するのよ」

車窓の向こうには、新年の澄んだ空気の向こうに、真っ白に雪をかぶった富士山が白くそびえている。視線の先に見える富士は、絵で見た富士のように優美ではない。大きく厳しく雄々しい富士だ。このように堂々と生きよ、といっているように感じられ、和子はわけもなく胸がいっぱいになった。

会館にはぞくぞくと多くの人たちが集(つど)ってきている。和子はその人たちと一緒に会場に入った。しぜんに唱題(しょうだい)の声があがる。

「いいこと、和子さん。御本尊さまをしっかり見つめてご報告(ほうこく)とおねがいをするのよ」

葉子はいった。その言葉を和子は家(いえ)を出てから一度、電車の中で一度、そうしていま三度目を聞く。葉子は和子のためにあれこれと気をもんでいるのだ。

「一年の始まりを新年勤行会で出発できるなんて、和子さん、ことしはきっといい年になるわよ」

和子は耕作のことを思った。それからイネのことを思った。その次にアヤ子のことを思った。イネがキツネの神さまを信仰(しんこう)するのをやめ、アヤ子がまた以前のようにまじめで明るい学会員になるように御本尊さまにおねがいしたい。家の立ちのき問題、学校のこと、みんなの誤解(ごかい)、もっと強い女の子になりたいこと……和子は自分でもおねがいの多いことに少しあきれた。

和子は顎(あご)の下にしっかりと手を合わせ、御本尊さまを見つめた。

「御本尊さま、あんなに弱虫(よわむし)だったわたしがこんなに強くなれてありがとうございました。いろんな不幸(ふしあわ)せの中でも、くじけずに希望をもっていく力をいただきました。

ありがとうございました……」

そうつぶやくと、見ひらいた目から涙があふれ出て頬をつたい、膝の上にポトポトと落ちた。

「おじさんやおばさんを折伏する力をいただきとうございます。そしておじさんのからだが早く健康になって元気に働けるようになれますように……そしてアヤちゃんがまた、御本尊さまのもとにもどってきますように、そして……」

あとはもうむちゅうだった。なぜこんなに涙が出るのかわからないままに、和子は泣いていた。和子は泣き虫の女の子だった。しかし、いまの和子のこの涙は、いままでの涙とはちがう。それは悲しみや、くやしさや、なさけなさの涙とちがう。悲しみやくやしさやなさけなさのほかに、ありがたさや嬉しさや、それからそれをなんとも表現することのできない、心が明るく洗われていく涙があったことを、和子ははじめて知った。

勤行会がおわったとき、和子は新しい血潮がからだじゅうに満ちあふれてくるような気がした。

——冬は必ず春となる……

和子は、ふとつぶやいた。それは寛葉子が最初に和子を励ましてくれたときに教えてくれた日蓮大聖人さまのご金言である。

——法華経を信ずる人は冬のごとし。冬は必ず春となる……

和子は新しい元気にあふれて家へ帰ってきた。しかしそんな和子を家で待っていたものは、耕作とイネとの夫婦ゲンカである。

「ただいまァ……」

元気よくさけんで格子戸をあけたとたんに、

「うるさいーッ！……」

耕作のどなり声と一緒に、和子の鼻先へ灰皿が飛んできた。

「おまえのようななさけないやつは面を見るのもムナクソ悪い！　出て行けッ」

「どうしたの、おじさん、おばさん……」

和子はむちゅうでかけあがった。

「和子か、いいところへ帰ってきた。オレが怒るのがムリかどうか、和子、判断してくれ」

耕作が怒った理由というのはこうである。耕作が働かなくなったために、イネはお金がほしくなり、大場家に五十万円の立ちのき料を要求することを考え出したのだ。五十万円の立ちのき料を手にして、イネの生まれ故郷である四国の山奥の村へ引っこんでしまおう――イネはそういったのである。

「五十万くれとはなんだ！　なんというなさけねえことを考えるんだ！　はばかりながらこの早見耕作は金のために動くような人間じゃねえぞ。むこうで金をよこすっていったって、そんなものは断るのがあたりまえだ。それをなんだ、金をよこせば出ていくっていうのか！　バカヤロウ！　そんなケチな了見のやつとはもう一緒にいたくねえ」

「なにをえらそうなことをいってるのさ。そんなにいばるのなら入院費用の借りをさっさとはらったらどうなのよ！」

イネはどなり返すと、和子がとめるまもなく風呂敷をひろげ、手早く着がえの物をつつんで家を出ていってしまった。

「そんなえらそうな口きいてられるのは、だれのおかげだと思ってるのさ！　あたしがいなくなったらよく考えるがいいわ！」

イネのかん高いどなり声が障子のむこうでして、怒りにまかせた下駄の音がカタカタと路地を出ていった。

力強い音に

三学期のある日、和子は学校から帰ると、耕作にだまって葉山かおりの家へいった。和子はイネを迎えにいったのである。イネが帰ってきてくれないと、耕作も和子も生活していくことができないのだ。

「あんなやつ、いなくなっても、オレが働く!」

耕作はそういうが、もともと左足が不自由な上に、こんどの事故で腰を痛めた耕作は、豆腐売りの自転車をこぐことはできない。一家の家計は、イネの家政婦としての収入にたよるよりしかたがないのである。

葉山家の門のベルを押すと、門扉についているのぞき窓がカタンと開いて、イネの細い目がのぞいた。和子を見るなり、

「まあっ、和ちゃんたら!」

とその目はみるみるつりあがって、

「用があるんなら勝手口へおまわりよ。常識がないねえ。こんなところからくるなん

て！」

力まかせにのぞき窓がしまった。やがてセカセカと忙しそうな足音がして、勝手口からエプロン姿のイネが走り出てきた。

「なんなのよ、和ちゃん。忙しいから早く用事をいいなさい」

「おばさん、おねがいですから今夜はうちへ帰ってください。それをおねがいにきたの」

「和ちゃん、よく考えてごらん。おばさんが家を出たのは、あのいばり屋さんが出ていけっていったからなのよ。あたしにもどってほしければ、先におじさんにたのむことだわね。順番がちがうわよ」

「おばさん、そんなこといわないで、おねがいします。おばさんがいないとおじさんは本当にさびしそうなんです。それにムリして豆腐売りに出るっていい出しているの。働くのは、いまはまだムリだわ。おばさんが帰ってきてとめてくれないと、おじさんはなにをするかわからないわ……」

イネはしばらく考えるようにだまっていてから、

「それじゃあね、和ちゃん、五十万円の立ちのき料のこと、あたしの味方する？」

「おばさん……」

「交換条件といっちゃ変だけど、和ちゃんは大場さんの息子さんと仲がいいんだろ？あの人に話をしてみてくれないかしら。そして和ちゃんがおじさんを説得してくれればねえ……そうなりゃあ、あたしだって考えてもいいけど……」

「考えてみるわ、おばさん」

「そう、じゃね、ようすみに、二、三日したら一度、もどってみるからね、きょうはこれでお帰り……」

イネは少しきげんをなおし、エプロンのポケットから百円玉を一つ出して和子に渡した。

「これでね、夜は肉でもお買い」

和子は力なく家へ帰ってきた。イネのいった交換条件をもし耕作が知ったら、耕作はなんといって怒るだろう。いや、そんなことよりも、立ちのき料要求を正治に話したら、正治は和子を軽蔑するにきまっている。

きょねん、正治は立ちのかなくてもすむように祖父にかけ合ってあげると約束してくれた。そしてさっそくその約束を実行してくれたのか、その後、大場家からはその問題についてはなにもいってきていないのだ。それなのにこんどは反対にこちらのほうから、立ちのき料の話を持ち出したりすることはできない。

正治の大学入試はせまっている。そんな大切なときに、和子の家の問題で正治をわずらわせたりすることをしてはならない。そうこう考えているうちに、イネが家を出てから一週間たった。学校ではイネが耕作とケンカをして家を出たことがもう評判になっている。かおりの口からひろがったのにちがいない。

「早見さんが創価学会に入ってから、ロクなことがないって、おばさんはなげいてるのよ」

そんなかおりの声が、和子の耳に聞こえてくることもある。

しかしそんな中で、和子には嬉しいことがただ一つだけあった。新年勤行会から帰ってまもなく、葉子の家でのパート練習で、和子の吹くファイフの音色が、ちかごろ、急に冴えてきたとみなからいわれたことである。

「和子さんのファイフは、いままで、とても繊細だったけど、少し弱かったのよ。それがこのごろ、どうしたのか、とても力強い音を出すようになったわね」

そして葉子は、三月に新入隊員が入ってきたら、そのときはコーチをおねがいするわね、といった。

「もしかしたら、あなたより年上の人ばかりかも知れないけど、でも、和子さんならだいじょうぶ」

「そうかしら……こんなチビでもいうこと聞いてくれるかしら……」

と和子が心配すると、

「だいじょうぶ。かえって効果的だと思うのよ。あんなおチビちゃんでもあれほどすごい音が出せるんだから、あたしだって……とみんな思うだろうから……」

と堀田光子がからかった。

「まっ、ひどい！」

和子の声にみな、わっと笑う。

葉子の家のパート練習は、いつも和子に苦しいことを忘れさせてくれるのだった。

「ところで和子さん、あなたのあの、元気のいいお友だち、ドラムをやってる人たち……あの二人ったら、すごいのねえ」

光子がいった。あの元気な二人というのは、純子と律子のことにきまっている。

「有木さんたちがどうかしたの？」

「この前の土曜日、用があって通りのほうへ出かけたのよ。ちょうど、警視庁のドラム隊が演奏行進をしてたので、立ちどまって見ていたの。そうしたらねえ、中学生らしい女の子が二人、ドラム隊の横についていくじゃないの。よく見たらそれがあの二人なのよ」

「まあ、有木さんと純子ちゃん？」

「なにをしているのかと思ってよく見てたら、ドラムのたたき方を見ているのよ。足の運び方、打ち方……こうやってじーっとそばについて、しまいに足なみそろえて、手ぶりまでやっているの……」

「まあ……それからどうしたの？」

「よっぽど声をかけようと思ったけど、じゃましないほうがいいと思って、そのまま帰ってきたわ。あの二人はどこまでついていったのか。バスに乗って追い越したら、そのときもまだついていたわよ」

「えらいわねえ。あの二人……」

和子は急に律子に会いたくなった。律子は中三だが高校進学をしないので、卒業試験をすませたあとはのんきにしている。律子は卒業後は父の理髪店を手伝いながら、高校の通信教育をとるつもりをしているのだ。

翌日の昼休み、和子はひさしぶりで三Aの教室へ律子を訪ねて行った。律子はちょうど、弁当を食べおわったところで、和子を見るとすぐに教室から出てきた。

「今日は風がないから屋上へ行かない」

二人は屋上へあがった。二月にしてはめずらしく風のない、おだやかな日である。

三年の卒業試験はもうすんだが、二年以下はこれからだ。

「三学期はがんばらなくちゃね、和子ちゃん」

律子がいった。

「加藤先生と約束したんだったわね。三学期の成績を見てくださいって」

「そうなのよ。だから一生懸命にやらなくちゃならないんだけど、あいかわらず心配ごとが多いの」

「またなにかあったの?」

和子は手みじかにイネの話をした。

「貧乏っていやねえ」

話しおえると和子は思わずため息をついていった。

「おじさんとおばさんのケンカは貧乏のためだわ。二人とも悪い人じゃないんだもの。貧乏でなかったら、もっと仲よく暮らしていられる人たちなのに……」

「ホントよねえ。うちだってそう。貧乏でなかったら兄さんだって家を出ていったりしやしなかったわ」

律子はいった。

「でも、あたしたち、貧乏だけど、とてもいいところがあるわよ。それはね。貧乏に負けないってこと。和ちゃんはファイフを、あたしはドラムをたたいてたら、貧乏なんて忘れてしまうってこと。これはすばらしいことよ」

律子はドラムをたたくまねをしながらいった。

「和ちゃんのおじさんにファイフを、おばさんにドラムをたたかせるってわけには行かないかな。そうすれば、すべてうまく行くんだけどな」

律子と話をしているうちに、和子はだんだん気がはれてきた。

「期末テストがおわったら、一度、どこかであたしのドラムと合わせてみない？」

「まあ、ドラム買ったの？　有木さん」

「うん、あと三百円たまったら買えるのよ。二年のテストがおわるまでには、どんなことしてでも三百円かせぐわ」

お客の頭を洗ったり、むしタオルを顔に乗せたりしては、十円ずつもらっていた律子は、そのお金でとうとう念願のドラムを買うところまでこぎつけたのだ。パート練習のたびに、いつも一人だけ自分のドラムがなくて、特別に隊のドラムを借りていた律子。ときどき純子の家へいって純子のドラムを使わせてもらってはこんなことをいっていた。

「なにもお礼できないから、せめて散髪（さんぱつ）くらいうちへしにきてよ」

律子と別れて教室へもどったとき、和子の気持ちはもうすっかりはれていた。

立派(りっぱ)な成績

学年末のテストがおわってまもなく、和子は加藤先生に呼(よ)ばれた。和子が職員室(しょくいんしつ)へ入って行くと、加藤先生はだまって立ちあがり、この前のときのように宿直室(しゅくちょくしつ)へ和子を連れて行った。

「早見さん、この前、ここであなたと話したのは二学期のおわりだったわね」

加藤先生はそういうと例の大きなメガネの奥(おく)からじっと和子を見た。

「あのとき、あなたはいったわね。三学期を見てくださいって。それでわたしも、あなたが創価学会の鼓笛隊(こてきたい)に入っていることについての批評(ひひょう)は、それまでおあずけにすることにしたわね。そうして三学期はもうおわろうとしています……」

加藤先生は言葉を切った。和子の胸は不安でドキドキした。あんなにがんばったのに、やっぱりダメだったのだろうか?

「きのう、全部のテストの結果が出ました。早見さん、あなたは立派だったわ。よくやったわ」

　加藤先生はいった。

「先生の不明でした。あやまります」

「先生……」

「あなたの家庭の事情は、つぎつぎとわたしの耳に入ってきました。どんな苦しい環境の中であなたががんばったか。わたしはなにもいわなかったけれど、ずーっとあなたを見守っていたのよ」

「……」

「あなたの全体の成績は、それはまだ葉山さんや大友くんにはおよばないわ。でも葉山さんや大友くんのようなめぐまれた環境の人が平均点四・八を取ることよりも、あなたが平均点四を取ったことのほうが、どんなにか立派だとわたしは思っているのよ」

「……」

「でもね、よくばりなようだけど、もう一つ先生はあなたに注文があるの。それはね、あなたがクラスのお友だちとあまり仲よくしていないってことなのよ。あなたはよく三年の有木さんと屋上で話をしているわね。でもクラスの人と仲よくしていることはめったにないわ」

「……でも先生、それはわたしが悪いんじゃなくて、みんなが、わたしを軽蔑しているからなんです……」

　思いきって和子はいった。

「……みんなはわたしをかたよった見方で見ています。わたしが貧乏な孤児だから……豆腐屋のやっかい者だから……おばさんが葉山さんの家で家政婦をしていて、葉山さんの古着をもらってきてわたしに着せます。でも、それがわたしのせいでしょうか」

「わかるわ、早見さんの気持ち。でもね、先生は、あなたにもうひとふんばりしてもらいたいのよ。あなたが悪い、だれがいい、ってことをいってるんじゃないんです。あなたのほうで心の垣根を取って、クラスの人にとけこむようにしてみたら、全体がかわって行くかも知れませんよ」

「どんなに軽蔑されていてもですか？」

「やってみるのよ。早見さんならやれると思うの。早見さん、もう一度この前のようにいってみてくれない。先生、三年の一学期を見てくださいって……」

　加藤先生は、うつむいたままだまっている和子の肩に手を置いた。

「いますぐでなくてもいいわ。いえるようになったときに、いいにきてください」

そうして加藤先生は宿直室を出ていった。

和子が教室にもどってくると、掃除当番の連中がいっせいに手を止めて和子をながめた。

……また加藤先生にしかられてきたんだな。

そんな好奇心がどの顔にも出ている。

「なんの用だったんだい？　長かったな」

北村小太郎がいった。その口のまわりにうす笑いがうかんだ。

「別に……」

和子は小さな声でいう。

「別に、ってことはないだろう。赤い顔してはいってきたものな」

小国が口を出した。

「プップクプップー、トーフィー！」

だれかがむこうのほうでいった。足を引きずって歩くまねをしているらしい。和子の背後で女の子たちがクスクス笑う声がした。

——これでも先生は、あたしにこの人たちと仲よくしろっていうの……

和子は雑巾バケツをもって、教室を出ていきながら思った。

――なぜあの人たちにいわないで、あたしにだけ注文するんです……

やっと教室の掃除をおわると、和子はみなから逃げるように校門を出た。風はつめたいが、もう春の気配が、ちぎれ雲の飛んでいる空のみずみずしい青さにただよっている。ドブ川のゴミの合い間に、その空と雲がうつっている。

和子がドブ川沿いに歩いて行くと、うしろからフルスピードで走りぬけて行った真っ赤なスポーツカーがある。一瞬、車のラジオがかん高いジャズを流して通りすぎたが、運転台にならんだ黄色いセーターの青年と、黒ずくめの服装をした若い女がふり返って和子に手をあげた。

「あっ、アヤちゃん！」

和子の声をはねとばすように、赤いスポーツカーは、ドブ川沿いの道をあたりかまわぬスピードで走り、大きくカーブして見えなくなってしまった。

「すごいわねえ。マルシンの息子よ」

和子とおなじく、スポーツカーを避けるためにドブ川沿いの木柵にしがみついていた中年の女が連れにむかっていった。

「マルシンはよっぽどもうかるのねえ。息子にあんな車を乗りまわさせて……」

「いつもちがう女の子を乗っけて、得意なのよ」

「きょうのはたしか、マルシンのレジスターをやってる女の子よ」

「いい気なものねえ」

和子とアヤ子はもうこのごろ、以前のように親しい友だちではなくなった。顔を合わせればおはようとか、寒いわね、ぐらいの挨拶はかわすが、それ以上の話をしようとしても、アヤ子は冷ややかに立ち去ってしまうのである。

和子が路地を入ってくると、路地の中はギャングごっこの小学生たちがさわいでいた。手に手に棒ぎれをもって「パン、パン、パン、パン……」といいながら走ったり物かげにかくれたりしている。アヤ子の弟の銀二が一方の大将として活躍している。

「うつぞ！　手をあげろ！」

そういってかまえた銀二の手の中に光っている物は、一年前にはアヤ子が命の次に大事だといっていたファイフだった。

第十章　友情の突撃

そのわけを知りたい

春休みに入った日のことである。

和子は律子とさそい合わせて、K町のあの名も知らぬお宮へいった。律子は金属胴のピカピカ光る小太鼓を肩からつるして、道行く人がふりかえるのにも平気で歩いた。

律子はやっと念願の小太鼓を買えたのだ。律子はそれが嬉しくてたまらない。

「和ちゃん、こんな嬉しい気持ちは、貧乏だからこそ味わえるのよ。もしうちが金持ちだったら、きっとこれほど嬉しくは思わないいんじゃないかしら。ハゲ頭、デコボコ頭、フケ頭、いろんな頭のおかげが、このドラムにこもっているわ。あたし、村田たい焼き屋のおじさんを見ると、つい最敬礼したくなるのよ。だって、あのおじさんの頭で、やっとお金がそろったんだもの、そのときの嬉しさったら……」

二人は石段をあがった。

「わァ、ずいぶん高い石段ね」

「思い出の場所なのよ。ここでおじさんにかくれて練習してたの」

「そのうちに石碑が立つわよ。『笛の天才、早見和子先生練習の石段』——」

石段をのぼりつめると、木立ちにかこまれた境内である。木立ちに太陽の光がさえぎられるので少し寒いが、ここならば大きな音を出しても人にとがめられる心配はない。

和子と律子はならんで立った。律子は新しいバチをもち、右肩からつるしたドラムを左ももの中央においてかまえた。

「クワイ河マーチ」

律子はいった。静かな木立ちの中に、ドラムがひびきわたった。和子はファイフを吹き鳴らした。立木の梢からもれ入ってくる早春の光が、二人の少女の上をチラチラと動く。和子はなにもかも忘れて吹いた。「クワイ河マーチ」がおわると、律子はいった。

「忠誠」

「ハイデックス(ハイデックスブルグ万歳)」

「雷神」

二人は知っているかぎりの曲を合わせた。

「有木(ありき)さん、よくまあ暗譜(あんぷ)したものねえ」

「早見さんこそ」

二人は顔を見合わせて笑った。

「ことしの文化祭はどうしても出場するわ。だれがなんといっても出るわよ。出ちゃいけないっていわれても、ムリに出るわ!」

「そんなに力(りき)まなくても、ぜったいよ」

「出るのなら純子(じゅんこ)さんとも一緒(いっしょ)に出たいわ」

「そうねえ、三人一緒に」

そういって和子ははっとした。「三人一緒」ではなく、「四人一緒」に出られたらどんなによいだろう。和子、律子、純子、そうしてアヤ子の四人で……だがアヤ子のファイフは、いまや弟の銀二(ぎんじ)がギャングごっこのピストルがわりに使っているのだ。イネのことやアヤ子のことを思うと、和子は心が沈(しず)む。いったい、いつになったら、だれもが幸(しあわ)せで仲よく笑える日がくるのだろう。

いつかもこの場所で、和子はおなじことを考えたことがあった。だがそのときの心の暗さは、どこにも薄明(うすあか)り一つない、まったく閉(と)ざされた暗さだった。しかしいまの和子の胸は、けっしてまっくらではない。遠くのほうに明りが見えている暗さだ。この暗さからの出口の場所が必ずあることを和子は信じている。鳴らないファイフがはじめて音を出したときから、和子はそれを信じるようになったのだ。

和子は律子と別れて家へ帰ってきた。格子戸をあけると、まだ日暮れにはあいだがあるというのに、家の中はみょうに薄暗くしめっぽい。掃除や片づけに口やかましいイネがいないためか、耕作が一日いっぱいゴロゴロしているせいか、なんとなく家の中が薄汚れた感じになってきた。こたつに入って頰杖をついていた耕作は、

「和子か」

と待ちかねたように声をかけた。

「さっき、三河屋のオヤジがやってきてな」

「酒代のお勘定?」

「うん、それもあったんだろうがな、こんな話をもってきたんだ。小学校で用務員の口があるんだが、働きに行かねえかっていうんだよ」

「用務員――まだムリよ」

「なに、もう一人若いのがいるから、なんとかやっていけるだろうと思うんだ。用務員のなり手がなくて、学校じゃ大弱りなんだそうだ」

「でもねえ……」

「しかし、いつまでもこうしちゃいられねえよ。こんなからだでも使ってくれるところがあれば、喜(よろこ)んで行かなきゃしょうがねえ」

耕作は四月から用務員になる決心をしてしまったらしい。それから耕作はバツの悪そうな顔をしていった。

「和子、オレもそろそろ、食わずぎらいをやめようかと思ってな、この二、三日、考えてるんだ」

「食わずぎらい？　タコのこと」

「ああ、タコもだが、その、もう一つのほうもさ」

「もう一つ……」

「創価学会(そうかがっかい)のほうもさ」

「まあッ、おじさん！　ホント？」

と照れくさそうに顔をなでた。

和子はとびあがってさけんだ。

「おじさん、ホントなの？　ホントにホント？」

「そう、キャアキャアさわぐな。静かに話そう。まあ、そこへすわってくれ」

和子は耕作とむき合ってすわった。

「和子、オレを筧さんのところへ連れて行ってくれねえか。一つオレにもよくわかるように、じっくり話をしてもらいてえんだよ。オレはな、和子、おまえを見ているうちに、ふしぎでたまらなくなってきたんだよ。おまえはメソッ子でどうにも意気地のねえ女の子だった。勉強も好きじゃねえし、仲のいい友だちもアヤちゃん以外には一人もいなかった。どうにも好かれねえ性質らしいと心配してたもんだ。それがいつのまにやら、かわっちまってよ。急にどうかわったってわけじゃないが、背が伸びるみたいに、いつのまにやらだんだんかわって行って、気がついたらメソッ子じゃなくなってるんだな。きのうも通信簿を見たら、成績もあがってる。いったい、こいつはどういうことなんだ、と思ったんだ。オレはまず第一に、そのわけを知りてえんだよ。一つとっくりと筧さんに教えてもらおうと思ってな」

「いいわ、いいわ。じゃ、すぐ、これから行きましょう」

「これからか。おまえもオレに似てだんだんせっかちになってきたな」

「善は急げっていうじゃないの。いいことはすぐに実行することよ」

その翌日から、耕作と和子が声をそろえて唱題する声が近所の人たちをおどろかせた。耕作は筧葉子と支部長の長谷川さんに会い、話を聞いてその日のうちに入信を決意した。和子は机（つくえ）のひき出しから、母の残したお経本（きょうぼん）とお数珠（じゅず）を出してきた。こんなに早く、耕作とならんで勤行（ごんぎょう）できる日がくるとは、和子にもまったく思いがけないことだった。新年勤行会で御本尊（ごほんぞん）さまにおねがいしたことの一つは、いま、こうしてかなえられたのだ。そう思うと和子の目から、とめどもなく熱い涙（なみだ）が流れ落ちるのだった。

　四月になると、耕作は小学校の用務員として働きに出た。和子は中学の三年になった。二年のおわりごろから急に背が伸びて、入学のときに作った制服（せいふく）は小さくなってしまった。短い袖（そで）から細い手首がニュッと出ている。スカートはあげをいっぱいにおろしても、膝小僧（ひざこぞう）すれすれだ。

「おはようス、いい天気だね」

「あったかいねえ、もうすっかり春だ」

　耕作とアヤ子の父が井戸端（いどばた）で朝の挨拶（あいさつ）をかわしている。顔を見るとプイと横をむき合っていたころのことを思うと、ウソのようだ。

「早見さん、そのうち、一緒に勤行しましょうや」

「そうだねえ。和子も一緒にね」

「和ちゃんも一緒なら、アヤ子も出てくれたらいいんだが……」

アヤ子の父は声をくもらせた。アヤ子はこのごろ、勤行も唱題もまったくしなくなってしまった。父が小言をいうと、とちゅうでプイと立って外へ出ていってしまう。

「どうも困ったことになってしまってねえ。これもわれわれの信心が足りないせいなんだろうが……」

そんなアヤ子の父を見ると、耕作は気の毒でたまらなくなる。それで耕作は、路地でアヤ子と会うことがあると、すぐつかまえて説教をする。だがアヤ子は耕作のいうことなど、耳も貸さない。

「なにいってんのよ。ダルマさん、あたしのこと心配してる暇があったら、あんたの奥さんを連れて帰ることでも考えたらどう！」

それをいわれると耕作は一言もない。

「うーん……」

とうなって目をシロクロさせるばかりだ。それを見てアヤ子はけたたましく笑いながら走って行ってしまうのである。

アヤちゃんを救おう

一カ月は夢のようにすぎた。耕作のからだもよくなり、イネはいないが、それなりに落ち着いた毎日がつづいた。葉山かおりの家に住みこんでしまったイネは、もうあんな貧乏生活はこりごり、このお宅に一生置いてもらいます、といっているということを、和子は伊東ミチから聞いた。三年になって組がえがおこなわれ、和子はかおりとクラスが別になった。かおりは高校進学組ばかり集まるA組、和子は就職組のB組になったのだ。

そんなある日、和子が学校から帰ってくると、路地に人だかりがしていて、そのまん中に髪をふりみだしたアヤ子の母が立っていた。

「ああ、なんだってあの子は、そんなことをしてくれたんだろうねえ……お金がほしければほしいと、あたしにいってくれれば、なんとしてでも作ってやったのに、どうして、まあ、そんなことを……」

「だけど、本当にアヤちゃんがそんなことしたのかねえ。月給だってじゅうぶん、もらってたんだし、不自由するわけがないんだがねえ」

と三河屋のおかみさんがいっている。和子はそばにいた三河屋の店員に聞いた。

「なにがおこったの？　アヤちゃんがどうかしたの？」

「マルシンのレジスターから二万円盗んだっていうんだよ。西田さんの娘さんが」

「アヤちゃんが？　まさか！」

和子はむちゅうで大声でさけんだ。

「そんなこと、ウソよ。そのしょうこがあったの？　え？　どうなの？　アヤちゃんが白状したの？　お金が出てきたの？……」

「アヤ子は知らないっていうのよ！」

アヤ子の母が悲鳴のような声でいった。

「でもねえ、ちょうど、きのうアヤちゃんは午前中で店を休んでマルシンの息子とドライブにいってるのよ。そのあとでお金のことがわかって、アヤちゃんが疑われたってわけなんだけど……」

三河屋のおかみさんが説明した。

「なにしろ、前にいろんなことがあったからねえ、アヤちゃんは……」

「前にいろんなことがあったからって、別に泥棒してたわけじゃないわ」

「でも、いい友だちとは遊んでないからねえ」

「で、アヤちゃんはどこにいるの？」

「それがちょうど、アヤちゃんの父さんが徹夜仕事から帰って寝ているところへ、マルシンから人がきたもんだからねえ。西田さんはあんな性質の人だからカンカンになって、アヤちゃんを連れて警察へ行ったのよ」

「えッ、警察へ！　まあ、ひどい……」

「そこまでしなくても、マルシンのほうでも表立ったことはしないっていってるのに、おじさんのほうがカンカンになってねえ。この際、根性をたたきなおしてやる、とかいって、泣きさわいでいるアヤちゃんを引きずるようにして、たったいま出ていったの」

「ひどいわ、ひどいわ。アヤちゃんが盗らないっていってるのに、なぜ、信じてあげないのよ」

「オヤジさんもこのあいだから頭にきてたからねえ。ついカッとなったんだろう……」

「だからふだんのおこないが大事なんだよ。ふだんがふだんだから、こんなとき疑われる」

人々は口々にいいながら散って行った。

「おばさん、家へ入りましょう」

和子は泣きくずれているアヤ子の母をおこして家へ連れて行った。

「おばさん、アヤちゃんはぜったいそんなことしてないわ。あたしはアヤちゃんを信じているわ。もしアヤちゃんが盗ったのだったら、アヤちゃんははっきりそういってあやまる人よ。アヤちゃんのいいところは、そういうところだとあたしは思うの」

「ありがとう、和ちゃん。あんたにそういってもらえると、ホントにあたしは嬉しいよ」

「おばさん、心配しないで。きっといまに警察でなにもかもあきらかになって、アヤちゃんは帰ってくるわよ」

「そんならいいけど、でも、マルシンじゃあ、アヤ子以外にそんなことをするものはいないっていうのよ」

「おばさん、泣くのをやめて、一緒にお題目(だいもく)を唱(とな)えましょうよ」

「ありがとう。和ちゃんはこのごろ、ずいぶんおとなになったわねえ。えらいわねえ……」

そういっているところへ、ガラリと格子戸があいて、アヤ子の父が入ってきた。

「まあ、あんた、アヤ子は……」

「進藤へあずけてきた」

「えッ？　なんですって。警察は？」

「警察じゃあ、アヤ子が未成年だからってとりあわねえんだよ。マルシンの社長は金のことは内聞にするから、つとめをやめて息子にも近よらせないようにしてくれっていうんだよ。そこで考えて、進藤へ連れて行った」

「じゃ、横浜へ？」

「そうだ」

短くそういうと、アヤ子の父は敷きっぱなしになっていたふとんの中にもぐりこんでしまった。

「もうなにもいうな。オレは眠るぞ」

アヤ子があずけられた進藤という家は、西田家の遠い親戚にあたる。子供がいないので、夫婦で非行少年の更生指導をやっている家である。
二、三日たって、和子はアヤ子に手紙を書いた。
「アヤちゃん、
どうしていますか。

元気にしていますか。

手紙を出そうか出すまいか、ずいぶん考えたのですが、やっぱり出すことにしました。こんどの事件、だれがなんといってもわたしはアヤちゃんを信じます。ぜったい信じています。それをいいたくてこの手紙を書いたのです。

アヤちゃん、つらいだろうけど、我慢してがんばってください。お題目をあげましょう。御本尊さまの功徳をわたしに教えてくれたのはアヤちゃんだったではありませんか。どうか思い出してください。そして以前のアヤちゃんにもどってください」

和子はアヤ子の母に宛先を聞いてその手紙を出した。数日たってから、やっとアヤ子から返事がきた。とびつく思いで封を切ってみると、レターペーパー一枚のまん中に、つきはなすようにこう書いてあった。

「あたしをなぐさめてくれる和ちゃんの気持ちは嬉しいけれど、でも、よけいな心配はやめてちょうだい。

あたしはあたしでやっていきます」

……どうせあたしはみんなから不良に見られてるのよ……不良は不良とつきあってるほうが……

いつか和子が誘いにいったとき、窓をあけもせずにそういったアヤ子の声を和子は思い出した。アヤ子はヤケになっているのだ。強がりをいっているのだ。和子にはアヤ子のひとりぼっちの気持ちがよくわかる。

次のパート練習のとき、和子はアヤ子の手紙を筧葉子に見せた。

「かわいそうねえ……西田さん……」

手紙を読みおわると葉子はだまってしばらく考えていてから、決心したようにいった。

「アヤ子さんのところへ行きましょう」

「えッ――」

「和子さん、土曜日は学校は半日でおわるんでしょう。こんどの土曜日にわたしと一緒にいってちょうだい。和子さん、ことしの目標の第一は目的をとげたわね。こんどは第二の目標にむかって全力をそそぐのよ」

「わかりました。やります――」

和子はいきおいよくいった。

五月の雨がうっとうしい灰色の町を、濡らしたりやんだりしている土曜日の午後、和子は葉子と二人で横浜へいった。アヤ子の母に地図を渡され、手紙や菓子や着がえを託された。電車をおり、何度もバスに乗りかえて、やっと進藤というその家を見つけた。町工場のごたごたならんでいる一角のうしろに、おなじかまえの小さな二階建てが六軒ほどならんでいる。進藤という家は、とっかかりの家から三軒目の家だった。門はなく玄関のドアが直接、道に面している。

「ごめんくださいーー」

葉子はドアをノックして声をかけた。まもなく足音がしてドアが細目に開き、かた

ほうの眉じりに怪我のあとのある十七、八歳の少女が顔を出した。

「こちらに西田アヤ子さんって人がいらっしゃると思うんですけれど、呼んでいただ

けますか」

葉子がいうと、少女は返事もせずに奥へ引っこんで行ったが、まもなく出てきて、

「どなたですか」

といった。

「筧葉子と早見和子がきたとおっしゃってください」

するど女の子がつたえに行くまもなく、奥からアヤ子の怒ったような声が飛んでき

た。

「西田アヤ子さんは留守ですよッ！」

「まあ、アヤちゃんじゃないの」

「西田さんの声よ。西田さん、そこにいるんじゃないの」

しかしアヤ子の声はかまわず、

「留守ったら留守！」

といいはる。

「帰ってもらいなさいよ。キヌちゃん、西田アヤ子は留守なんだから……」

キヌちゃんと呼ばれた少女は、困ったようにモジモジしている。

「では、進藤さんの奥さまか、ご主人さまか、どちらでもよろしいんですけど、お会いできますか」

葉子がいった。

「先生は二人とも学校です」

学校というのは、非行少年を収容（しゅうよう）している学校のことなのだろう。奥のほうからいきなり、かん高いジャズが鳴り出した。それにあわせて踊（おど）っている足音がする。葉子と和子は顔を見合わせた。その二人の上に五月の雨が、また思い出したように降（ふ）り始めた。

どうして怒らないの？

「和子さん、いいこと？　覚悟はできてる？」

葉子はいった。

「このまま帰るわけにはいかないわよ。突撃あるのみよ」

「突撃？」

「そうよ。失礼してはいらせていただきましょう」

葉子はそういうと、びっくりしているキヌちゃんを押しのけるようにして上へあがった。あがったところは広い板の間で、その右に部屋があるらしい。けたたましいジャズはそこから聞こえてくる。

「ごめんなさい。西田さん、あがらせてもらったわ」

葉子はそういってその部屋に入った。六畳ほどの部屋に、二段ベッドが置いてある。キヌちゃんとアヤ子のための部屋なのであろう。女性週刊誌や芸能週刊誌が部屋じゅうにちらばっている。トランジスターラジオがいっぱいのボリュームでトランペットを吹き鳴らしていた。二人を見るなり、アヤ子はふくれ面になって、ラジオをとめると横をむいた。

「あなたたちのいうことは、もうあたしには聞かなくともわかってるわ。はっきりいうけど、あたしは創価学会なんてなんの興味もないの。以前の自分にもどろうなんてもう思わないわ。一時はそんな気になって、もう一度やりなおそうと思ったこともあったけれど、ダメになったわ。あたしなんか、なにをしてもダメなのよ。一度ダメになったら、いくら立ちなおろうと思っても、はたで立ちなおらせてくれないのよ。マルシンのお金がなくなったときだって、あたしじゃないっていくらいっても、だれも信じてくれなかったわ。お父さんでさえ、信じてくれなかったわ……」

アヤ子は、はき出すようにいった。

「あたしはお金を盗ってない。でもみんなはあたしだという。あたしはどうすればいいか？　どうしようもないわ。みんなはそういいたいんだから、そういわせておくよりしょうがないわ。どうせ、あたしはダメな女の子なんだから、悪いことはあたしのせいにすればいいのよ……」

「西田さん、聞いてちょうだい。わたしには前に、こんなことがあったのよ」

葉子が静かに話し出した。

「わたしが中学生のとき、父が商売の失敗をして、毎日毎日、母とケンカばかりしていたことがあったのよ。うちが、面白くないものだから、高校へいっていた兄は家をとび出したきり帰ってこないの。兄が家を出たというのに、父も母も本気で捜す暇もないくらい、毎日、生活に追われていたのよ。わたしは、だれからもかまってもらえない、陰気でひねくれやの中学生だったわ。家へ帰っても、ひとりぼっち……面白くないから学校の帰りについ、近くの盛り場をふらふらと歩くというふうだったの。盛り場をふらふらするなんて、人の目には好きでしているように見えるかもしれないけれど、本人は、ちっとも楽しくないのよね。楽しくないどころか、苦しくて、さびしくて胸の中はいっぱい。だから、わたしはアヤ子さんの気持ちは本当によくわかるのよ。よくわかるからこそ、なんとかして、楽にしてあげたいと思うのよ」

　葉子は言葉を切ってアヤ子を見た。アヤ子は、ガンコにうつむいたまま、眉も動かさない。

「そんな毎日をおくっていたとき、通りすがりの女の人に声をかけられたの。その人がいまの、婦人部の長谷川さんよ。長谷川さんは、前からそのへんをウロウロしているわたしに気がついていたのね。長谷川さんの家へ連れて行かれて、いろんなことを聞かれたわ。ひねくれていたわたしだけど、そのうちになぜか、その人には話せばわかってもらえるだろうという気がしてすらすらと、なにもかも話せたの。そうしたら長谷川さんは、ニコニコして、わたしをじっと見てこういったわ。——だいじょうぶ、きっと幸せになれますよ、って……、それが、あんまり簡単なので、わたしはびっくりして、なにもいえなかったわ。でも、その顔つきがあんまり明るくて自信に満ちているので、この人のいう通りにしてみようという気になったの。そして、その場で、すぐに入信を決意したのよ。なにがなんでもガムシャラに信じる気になったの。なんとかして、いまよりもよい状態になりたいという一心だったわ。ねえ、アヤ子さん、少しでもよいほうへむかうのよ。むかおうとするのよ、そんなふうになげやりになっていたんじゃダメよ。不幸なのは、あなた一人じゃないのよ。わたしだって、和ちゃんだって、みんな、それなりに苦しかったのよ。みんな、それを乗り越えようとして、御本尊さまにおねがいしたのよ」

葉子の顔は上気して、目は熱心にアヤ子を見つめている。その視線をふりはらうように、アヤ子はつと立ちあがると、雨の降っている小さな庭にむかって手荒く窓をあけた。

「中学生のわたしが、長谷川さんの力を借りて、父と母を学会員にするまでに、どんなケンカの毎日があったか、いまのわたしの家を知っているアヤ子さんには、想像できないでしょう。でも本当なのよ。わたしたちは三年も四年もかかって、やっと幸福になれたのよ。兄がひょっこり家へ帰ってきてくれた日、わたしたちは、はじめて泣いたわ。嬉し泣きに泣いたのよ。それまでは涙も出ないような毎日だったのよ。もどっていらっしゃいよ、アヤ子さん、みんなも待っているわ。鼓笛隊のみんなも」

和子は横からいった。

「だれも信じないなんてアヤちゃんはいうけど、すくなくとも筧さんとあたしは、アヤちゃんを信じているわ。信じているからこそ、このままにしてはおけないと思ってここまできたんじゃないの。アヤちゃん、どうしてあたしたちの気持ちをわかろうとしてくれないの……」

雨空にむかって立っているアヤ子の肩が、細かにふるえ始めた。

「アヤちゃん、なにも考えないで、お題目を唱えるのよ。そうすればきっと、マルシンの本当の犯人だって出てくるわ」

「そうよ、和子さんのいう通りよ。アヤ子さん、さあ、こっちをむいて、元気を出して、前みたいにびっくりするような大きな声で、やりますッ！っていってちょうだい」

窓のほうをむいたアヤ子の肩はいきなり大きく動いた。と思うとどなりつけるようなアヤ子の声がさけんだ。

「あなたたち、どうしてそうなの。どうして怒らないの。どうしてそんなに親切なの。あたしのことなんかほうっておいてくれたらいいのに……どうして……どうして……」

アヤ子の声が泣き声にかわったと思うと、アヤ子のからだはいきなり筧葉子にむかって飛んできた。

「西田さん」

葉子はアヤ子をしっかりとだきとめていった。

「わかってくれたのね。西田さん……」

その葉子の上気した頬(ほお)に一筋(ひとすじ)の涙が光った。

第十一章　さわやかな五月

晴れた疑い

　このごろ、和子は嬉しくてしょうがなかった。うっとうしい長い雨があがって町に気持ちのいい初夏の風が吹くように、和子の心をさわやかな気分が流れている。

　いつもジトジトして陽のあたらない崖下の井戸端のまわりにも、青い雑草が伸び始めた。その雑草も、井戸端のこぼれ物をひろいにくる雀も、裏の家で生まれた赤ン坊のうるさい泣き声も、すべてが和子には希望にあふれた生き生きとすばらしいことに思えるのだ。

　きょうはアヤ子が横浜から帰ってくる日である。アヤ子を迎えるパーティの用意をしに、まもなく和子は筧葉子の家へ行かなければならない。晴れわたった五月の日曜日である。アヤ子が鼓笛隊に復帰するお祝いの日にふさわしい上天気だ。葉子、律子、和子、堀田光子、それに正治と純子も参加するはずだ。正治は入学した大学のま新しい制服でくると純子がいった。

「お兄さんは大学生姿を見せたくてしょうがないのよ。だから呼んであげて」

純子はそういって和子を笑わせた。

マルシン事件のいやな噂を町の人々が忘れてしまうまで、早くてもこの夏いっぱいはアヤ子を横浜に置いておく、とアヤ子の父はいい、アヤ子もそのつもりでいたのが、こんなに早くアヤ子が帰ってくるようになったのにはわけがある。二、三日前、和子が学校から帰ってくると、和子とアヤ子の家の前を、一人の少女がいったりきたりしているのが目にとまった。色の黒い、そばかすの多い長めの顔は、どこかで見たことのある顔である。和子が立ちどまってけげんそうに見ていると、思いきったように少女は近づいてきていった。

「失礼ですけど、あなた西田さんのお友だちですわね?」

「ええ、アヤ子さんの隣の者ですけど……」

「マルシンへ二、三度、西田さんを訪ねてこられたことがありましたわね。いま、思い出したんですけど……」

「ああ、マルシンで働いてらした方ですね」

和子はやっと思い出した。和子がいったとき、ひどい仏頂面をして、

「西田さんはきょう早退けよ」

といったことのある少女だ。

「西田さんはいま、どうしてますか？」

少女はおずおずしたようすで聞いた。

「あたし、西田さんに話したいことがあってきたんですけど……」

「西田さんはいま、横浜のほうにいます。あんなことがあったので、親戚の家にあずけられているの」

「……」

少女は急に暗い顔になってうつむいたが、突然、ぱっと顔をあげて、早口にいった。

「マルシンの二万円……あたしが盗ったんです――」

「えっ、あの、あの二万円……」

「あたしが盗ったんです。西田さんがあんまり憎らしかったので、つい西田さんに疑いがかかるようにしてしまったの……」

「まあ……」

「あの事件のあと、あたし、マルシンをやめてほかで働いているんです。でもあれ以来、心がとがめて、楽しい日なんか一日もなかったわ。何度、西田さんに会って全部、いってしまおうと思ったか知れません。でも、いざとなるとそれもできず、盗った二万円は二、三千円使っただけで、あとは机のひき出しにほうりこんだまま……」

　少女は思いつめたようすで和子を見た。

「ねえ、どうしたらいいのか教えてください。あたしには相談する人なんかだれもいないの。父や母は北海道にいるんだけど、こんなこと、親にいいたくないんです。たいしたことじゃない、このまま、だまってればだれにもわからずにすむことだ……そう思う日と、とりかえしのつかないとんでもないことをしてしまったんだ、いまからでも償いをしなくてはいけないと自分をせめる日とがかわるがわるあって、もう、自分で自分の心がわからなくなってしまってるの……」

　少女は鈴本ハル子という名で、きょねん中学を卒業して北海道から集団就職で上京してきた。マルシンの寮に住んでいたが、半年ほどのあいだに一緒に北海道からきた友だちはみんなつぎつぎにやめて親もとへ帰って行ってしまった。東京の生活はハル子たちが思ったような楽しいものではなかったのだ。

　ハル子の父母は厳しい人で、ハル子がやめて帰りたいというと、いったん職についたからには、最低、二年はしんぼうしなければいけない、そんな忍耐力のない子は、帰ってきても家には入れないといってきた。いやいやながらわびしい寮の三畳に寝起きしながらマルシンで働いているハル子には、厚化粧をしてのんきにマルシンの息子と遊びまわっているアヤ子がうらやましくてたまらないものにうつった。うらやましさはやがてくやしさになり、憎らしさになっていったのだ。

あの事件の日も、アヤ子が午後から店を休んで、ドライブに行こうと息子と話をしているのを聞いているうちに、だんだん腹が立ってきた。その日は午前中、アヤ子がレジスターの係をしていたのだ。昼休みのとき、アヤ子は昼食をしないで店の隅で化粧をなおしていた。その隙にハル子はレジスターから二万円盗り、昼休みにアヤ子が昼食にこなかったのはおかしいとマルシンの社長につげ口をしたのだった。

「鈴本さん、よくきてくれたわね。ありがとう──」

その話を聞いて和子は腹が立つよりも、嬉しくて思わず声が高くなった。

「ホントによくきてくれたわ。嬉しいわ。なんといってお礼をいったらいいのかわからないくらい嬉しいわ」

ハル子は困ったように、喜ぶ和子を見ている。

「アヤちゃんのヌレギヌはこれで晴れたわけだわ。あたしの信頼は正しかったんだわ。それが証明されたことが嬉しいの」

和子はいった。

「鈴本さん、そのことをいますぐ手紙に書いてちょうだい。あたしそれをもって横浜へ飛んで行くから……」

アヤ子が急に帰ってくるようになったのは、鈴本ハル子のその手紙のためである。アヤ子の父母、筧葉子、マルシン、近所の人たちに、和子はその手紙をもって見せてまわった。マルシンの社長はもうしわけなかったといって、わざわざ横浜までアヤ子に謝罪に出かけて行き、どうしてももう一度、店で働いてほしいとたのんだのだった。

筧葉子の家では、父が塾を臨時休暇にして教室をパーティのために貸してくれた。家の片づけをして和子が葉子の家へかけつけると、葉子は堀田光子を相手にサンドイッチ作りの真っ最中だった。

「和子さん、いいところへきてくれたわ。机をならべて会場を作ってちょうだい」

「はい」

和子が机を動かしていると、そうぞうしい声がして律子が腕いっぱいにバラの花をかかえてはいってきた。

「遅くなってごめんなさい。横川バラ園へよって、これをもらってきたの」

「まあ、きれい！　こんなにたくさん！」

「バラ園のおじさんって学会の人なのよ。鼓笛隊のファンなの。ちょうど、今朝、頭を刈りにきたから、きょうのパーティの話をしたら、とても感激して、寄付してくれるっていうのよ」

そういっているところへ純子が大きなケーキをもってやってきた。朝の五時からおきて、母に手伝ってもらってオーブンで焼いたという。大きな四角いカステラの上をクリームでおおい、そのまん中にチョコレートで大きく、「勝利」と書いてある。その下のほうに、「おめでとう、西田アヤ子さん」とピンクのクリームで書いたのがうまく行かなくて、「西田ヤヤ子さん」と読める。

教室のテーブルに支度ができあがったころ、新しい大学の制服を着た正治がやってきた。

「正治さん、おめでとう」

「おめでとう」

「みなさん、この誇らしげな金ボタンをほめてやってください！」

純子の声に笑いがわいた。正治は照れくさそうに席につくと、だまって隣の純子の頭をゲンコでコツンとやった。わっとまた笑いがはじける。みんなはそれぞれの席についた。正面にアヤ子のための席があけてある。

表に車のとまる音がした。アヤ子の父が勤め先の車を借りてアヤ子を迎えにいったのだ。まもなく足音がした。みんなは立ちあがって、入ってくるアヤ子を待ちうけた。

アヤ子が教室の入口にあらわれた。いっせいに拍手がおこる。

「おめでとう、西田さん」

「よかったわねえ」

「おめでとう……嬉しいわ、西田さん」

みんなの口からつぎつぎとび出す祝福の言葉につつまれて、アヤ子は物もいえずその場に立往生した。

「みなさん、ありがとう！」

やっとそれだけいうと、アヤ子は突然、子供のようにわーッと声をあげて泣き出した。

泣き笑いパーティ

祝賀パーティは泣き声からはじまった。小さな子供のように声をはりあげてオイオイ泣くアヤ子のそばで、まず和子がもらい泣きを始めた。

「ほら、ほら、早見さんの泣き虫が、いまに泣き出すと思ってた通り……」

そういいながら、律子も鼻をクスクスいわせ始めた。

「二人の気持ち、わかるわ、わかるわ……」

と堀田光子がいいながら泣く。

「いやあねえ。おめでたいのになぜ泣くの。泣くことなんかないじゃないの……」

純子はそういっているうちにいつのまにか泣き出している。いつも冷静な葉子までが、とうとうハンカチを目にあてた。

「弱ったなァ、女の子ってのはこれだから困るんだ」

正治が一人でボヤいている。

「さあ、泣くのはやめて席につこうよ。時間のムダ、エネルギーのムダ……さあ、純子、早見さん、有木さん……」

正治はいった。

「ぼくは腹がへってるんだよオ」

それから突然、正治は大声をはりあげた。

「全員、整列！　泣くのはやめーイ！」

正治の号令に、一同は思わず泣きながら笑い出した。

「位置につけ！　パーティを始める。ケーキを切れ！　ジュースをつげ！」

「いやあねえ、おにいさんたら、食べることばっかりいって……」

「だって純子がきょうはごちそうだっていうから、ぼくは昼メシをぬいてきたんだ」

とうとう、みんなは笑い出してしまった。

席につくと葉子が立って簡単な挨拶をした。

「わたしたちの気持ちは、いま、みんなで泣いたことによって、もうおたがいにいいつくされ、わかりあったと思います。いま、わたしたちが味わっているこの大きな感動は、わたくしのつたない表現ではとてもいいつくせません。涙がそのかわりをつとめてくれました。そういう意味でわたくしは、正治さんがおっしゃったように、時間のムダ、エネルギーのムダとはけっして思いません」

みんなは笑いながらいっせいに手をたたいた。

「ですからもう、これ以上、へたなおしゃべりはやめて、ただちにケーキを切り、ジュースをつぐことにいたします」

「たいへんけっこうなご挨拶でした！」

正治がいったので、またみんなはふき出した。ケーキが切られ、サンドイッチがとりわけられた。正治は黙々と食べていたが、しばらくすると立ちあがった。

「では、やっとこれで人心地がついたので、ぼくも西田さんにお祝いをいわせてもらう。さっき筧さんは涙が言葉のかわりをしたといいました。そこでぼくも負けずに言葉のかわりになるものを考えました。フルートできょうの喜びを西田さんにつたえたいと思います」

「待ってましたッ！」

律子が声をかけ、みんなわーッと声をあげながら拍手をした。正治は学会の音楽隊でもフルートの名手として知られているのだ。正治は「牧神の午後への前奏曲」を吹き始めた。さわがしい都会生活の明け暮れの中で、忘れていた空の色や木々や大地の匂いを思い出させてくれるような、心にしみ入る音色だった。正治の汚れのない、純真で生一本な性格が、そのさびしい静かなメロディーに、一筋の力強さをただよわせている。

曲がおわったとき、みんなは拍手をするのも忘れて、しばらくぼんやりとその音色の中にひたっていた。

「すばらしい演奏だわ」

葉子がひとりごとのようにいった。

「心があらわれたような気がします。ありがとう」

それまでだまっていたアヤ子が、はじめていった。

「音楽というものがどんなにすばらしい力をもっているものか、いま、はじめて、はっきりわかったわ」

アヤ子は目をかがやかせて正治にむかっていった。

「いい音楽というものは、人に勇気や希望や愛情をあたえるんですね。言葉の上のことだけじゃなくて、それがいま、よくよくわかったような気がするわ」

だれからはじめたというわけではなく、歌声がおこった。

歌がおわると、純子と律子のドラム、光子と和子のファイフで「ハイデックス」を演奏した。和子はファイフで「荒城の月」を吹いた。それははじめて会った正治が、和子のそのファイフで吹いた曲だ。それは和子がファイフの音が出なくてあせっているときだった。あのときの正治の言葉を、いまでも和子はおぼえている。——硬くなってはいけない。力んではいけない。すもうでも肩に力が入っているあいだはダメなんだ……。

正治は椅子にもたれて、「荒城の月」を吹いている和子を見ている。その目にやさしい微笑がある。正治もきっと、一年前のあの日のことを思い出しているのだろう。

その目は和子にむかって、

「よかったね。よくがんばったね」

といっているように見える。

「荒城の月」がおわったとき、拍手がやむのを待っていたように、教室の外で声がした。と思うとまだだれも返事をしないうちに、せっかちに戸が開いて、顔を出したのは耕作である。耕作のうしろから、アヤ子の弟の銀二がしょんぼりとあらわれた。

銀二は耕作につつかれてアヤ子に近づくと、

「ねえちゃん、ごめん」

といって、うしろ手にもっていた物をさし出した。

「あたしのファイフ！」

「さっき路地を通りかかったらね、銀坊がこれをもってギャングごっこをしているじゃないか。きょうはアヤちゃんのお祝いの日だろ。アヤちゃんはきょうから鼓笛隊にもどるんだ。それなのにとんでもねえ、大事なファイフをオモチャにして……すぐにとりあげて、急いで連れてきたんだよ」

アヤ子はファイフを手にとって、しばらくじっと見ていたが、やがて顔をあげてみんなを見まわした。

「あたし、寛さんにおねがいがあるんです」

アヤ子は葉子を見ていった。

「あたしはこんどから鼓笛隊の楽器運搬係として働きたいと思うんです。あたしには音楽の才能がないんです。そのことでずいぶん苦しんだけど、ファイフをやるばかりが使命じゃないということがやっとわかったの。あたしは楽器係になって一生懸命にやります。寛さん、おねがいします。あたしを楽器係に推薦してください……」

「アヤ子さん……」

「あたしには力があります。少しせっかちだけど機敏にやります。がんばりもきかせます。ファイフのへたクソな分だけ、力を出して鼓笛隊に参加したいんです……」

「えらいッ！」

だれよりも早く耕作がどなった。

「えらいぞ、アヤちゃん、よくいった。苦労しただけのことはあったぞ。ガンモ……」

といいかけて、あわてて耕作はいいなおした。

「いや、オレはもうガンモドキだなんていわねえ。アヤ子さん、だ。アヤ子さん、えらいぞォ！」

「いてえなァ、おじさん」

そばで銀二が口をとがらせた。耕作は興奮のあまり、銀二の背中をいやというほどたたいたのである。

「それからもう一つ、おねがいがあるんです」

アヤ子はいった。

「このファイフを寛さんにおあずけしますから、もし、ファイフを買えないような人が入ったら、これをあげてください。あたしのかわりにその人に吹いてもらいます」

「よくいった！　アヤちゃん、えらいぞ！　ますますえらい！」

そういう耕作のそばから、銀二はいっそく跳びに逃げ出した。またあぶなく、耕作の大きな手が、銀二の背中をたたきそうになったからである。

大成功の楽器係

明るい五月は夏にむかってさらに明るく開いて行った。このごろ、和子は忙しい。和子は鼓笛隊の春の新入隊員を指導する立場をあたえられたのである。和子はパート主任を命じられたのだ。

和子にあずけられた新しいファイフの隊員は、二人の中学一年生と二人の中学二年生である。

「人を指導することはとても勉強になることなのよ。ぜひやってごらんなさい。人のためばかりじゃないの、自分のためにもなることなのよ」

葉子はそういった。だが、和子の家は部屋が二間しかない。四人の少女がやってくると家はいっぱいだ。思うように音の出ないファイフにじれて泣き出す少女、イライラし始める少女、そうかと思うとケロリとしてすこしも一生懸命にならないのんき者――いろいろである。

「いい？　下くちびるを歌口にあてるでしょう。このとき、くちびるの両側には力を入れるんだけど、まん中が固くなってはいけないのよ」

人を教えるにはまったく根気と忍耐力がいる。和子はいまになってやっと、葉子のえらさがわかった。

「肩に力を入れちゃダメよ。あせらないのよ。あせるとよけいなところに力が入って、つかれるわ……」

それは和子が一年前に葉子からさんざんいわれたことだ。しかしそういいながら、相手の不器用さに、思わず和子の肩には力が入ってしまっているのである。実際、教えるということはむつかしい。教えるということは、ただファイフの音を出すときのくちびるのあけ方や、息のはき出し方ばかりをいってもダメなのだ。相手の性格や癖をよく知って、それにふさわしい教えかたをしなければならない。気の短い相手に口やかましくいうのは、ますます相手をカッとさせるばかりだし、のんき者にむかって、

「じっくり、元気にやるのよ」

などといっていては、いつまでたっても上達しない。

「なにごとも一歩一歩よ。教わるほうも一歩一歩、教えるほうも一歩一歩……大事なことは、そのあいだに少し身についていっている力があるってことよ。結果ばかりが大事じゃないいんだわ」

葉子はそういって和子を励ました。葉子のいうことは和子にはよくわかる。わかってはいるが、やっぱり結果をあせってしまう。自分の教えている少女たちが、一日も早くほかよりも上手になってほしいと思ってしまうのだ。

いっぽう、アヤ子は鼓笛隊の楽器係としてはり切っていた。はり切るにしたがってアヤ子はだんだんもとの、少しオッチョコチョイのあわて者にもどって行くようである。しじゅう大きな声をあげて、小走りに走っている。ふつうに歩けばいいときでも、走っている癖がついてしまったようだ。

月に一度の合同練習の日は、楽器係は練習のはじまる時間の二時間前に、楽器をし

まってあるM町の楽器室へ楽器をとりそろえに行く。その日の練習に必要な各種の楽器を出してトラックにつみこみ、練習会場へ行く。会場に着くと車からおろして、隊員にそれぞれの楽器を渡すのである。

　そうして練習がはじまるが、そのあいだといえども、アヤ子はじっとしてはいない。練習会場から聞こえてくる音の流れを聞きながら、アヤ子はかげの部屋で譜面をうつしながらおわるのを待つのだ。やっと練習がおわると、楽器を受け取って車につみこみ、M町の楽器室へもどる。こわれた物はないか、傷ついてはいないか、汚れてはいないか、一つ一つ点検をしてからやっと家へ帰ってくるのである。

　夏のはじめ、〝鼓笛隊員と父母のつどい〟がU町の体育館で開かれることになった。それをだれよりも喜んだのはアヤ子の母である。アヤ子の母は以前から鼓笛隊のファンで、アヤ子がファイフをやっていることをいつも自慢にしていた。アヤ子が鼓笛隊にもどったことを、アヤ子の母はなによりも嬉しがっていたのだ。

「耕作さん、こんどの〝鼓笛隊員と父母のつどい〟には、一緒に行きましょうよね」

　アヤ子の母は耕作と顔を合わせるたびにそういっている。アヤ子の母はアヤ子が〝鼓笛隊員と父母のつどい〟に出演すると思いきめているのだ。

「和ちゃん、困っちゃったわ。うちの母さん、あたしが演奏すると思ってるのよ」

「楽器係になったってこと、いってないの？」

「それをいうと、母さんが、がっかりすると思って……でも、そのうちにいうわ」

そういいながら、つい一日のばしにしているうちに、とうとう当日がきてしまった。

演奏会は夕方からはじまるが、出演者は昼から集まって最後の練習や打ち合わせをする。アヤ子たち楽器係は、それよりも早く楽器室へいって、トラックに楽器をつみこまなければならない。動きやすいようにズボンをはいたアヤ子は、ほかの楽器係の先頭に立ってコントラバスやドラムやエレクトーンなどの、いろいろな楽器をトラックにつみこむと、そのトラックに乗って会場へむかった。六人の楽器係のうち、二人は運転席に、あとの四人は楽器のあいだに乗った。

日ざしは強いが気持ちのいい風が吹いている町を、トラックは楽器と少女たちを乗せて走る。町を行く人の中には、めずらしそうにトラックを見送っている人もいる。

トラックが交差点で信号待をしているとき、歩道のほうでけたたましい声があがった。

「アヤ子じゃないの。トラックなんかに乗ってなにしてるの……」

「あっ、母さん……」

信号がかわってトラックは走り出した。

「アヤ子ったら、まあ……」

トラックはみるみる町の混雑の中に消えていった。アヤ子の母はその夜の演奏会を聞きに行くつもりで、美容院へ行った帰りなのだった。

体育館は開会の三十分前からもう満員だった。

「あなたのところは、だれがきているの？」

「父と母と弟と妹——一家総出よ」

「うちはだれもこないの。だって鼓笛隊に反対なんだもの」

「だれもこないの？　いいわねえ……」

舞台裏でアヤ子は思わずそういった。アヤ子の母は目を皿のようにして舞台にアヤ子の姿を捜すにちがいないのだ。

午後六時、いよいよ演奏がはじまった。全員での女子部歌の合唱がおわると、ドラムにつづいてファイフの一団が入場した。正面に円型の舞台が作られている。白いベレー帽に六つの金ボタンの光るユニホームを着た和子はファイフの先頭だ。純子と律子は赤い服のドラム隊だ。

和子よりも先に鼓笛隊に入っていたアヤ子だが、一度もあのユニホームをきたことがないままに楽器係になってしまった。楽器係は重要な仕事なのだという自負をもっていながら、やはり、こうして晴れがましい照明の中で演奏をしている隊員たちを見ているとうらやましさが胸にひろがっていく。「士官候補生」は、アヤ子の好きな曲だ。いま、それがおわり、「アメリカ野砲隊」がはじまっている。力強い美しい演奏だ。若い力がドラムやファイフを通して、高い天井にむかってぐんぐんひろがっていく。

アヤ子の心からは、もう、うらやましさが消え、この力強い音の中にとけこんで、いつか自分も一緒に演奏しているような気持ちになっていた。

と、そのとき、アヤ子は舞台の後列にいるバスドラムが、ふと、いつもとはちがった音を出したような気がした。はっとしてよく見ると、バスドラムの皮が破れている。バスドラムをたたいている島田という少女が、あっという顔になったかと思うと、その顔は、一瞬、泣き出しそうにゆがんだ。

「あッ、バスドラムが……」

だれかがさけぶのと、アヤ子が楽屋へかけこんだのと同時だった。楽屋へかけこんだアヤ子はすぐに出てきた、めだたぬように演奏者のあいだを通ると、破れたバスドラムを新しい物ととりかえた。

なにごともなかったように演奏はつづけられた。演奏者の中でも、聴衆の中でも、それに気づいたものはすくなかった。それくらいすばやく、さりげなく、とりかえはおこなわれたのだ。

〝鼓笛隊員と父母のつどい〟は大成功だった。葉子はアヤ子のところへ飛んできて、その手をにぎりしめた。

「西田さん、よくやってくれたわねえ。お礼をいうわ。原部長もあなたの責任感の強さ、沈着なことにとても感心していらしたわよ」

和子や律子も飛んできた。

「きょうの主役はなんといっても西田さんよ」

「えらいわねえ。あたしにはとてもアヤちゃんのようにはできないわ」

しかしアヤ子の心の中は、あまりはれやかではない。ファイフの一団の中にアヤ子の姿を捜していた母は、バスドラムをかかえて出ていったアヤ子を見て、どんなにびっくりしたことだろう……。

「サヨナラ」

「おつかれさま」

「ごくろうさま」

明るくひびくそんな声の中で、アヤ子は楽器をトラックに乗せた。トラックは走り出した。楽器室のある建物はM町の住宅街の坂の上にある。アヤ子たち六人の楽器係は、トラックをおりると楽器をもって黙々と坂を往復した。初夏のさわやかな夜風が、汗に濡れた頰や首筋を気持ちよくなでる。

部屋に楽器をおさめて点検をすますと、もう十時近い。最終のバスに乗ってT町へ帰ってくると、バスの停留所に和子が立っていた。

「あら、和ちゃん、どうしたの」

「待ってたのよ、アヤちゃんを……」

和子は興奮した調子でそういうと、

「大成功よ、大成功よ」

とアヤ子の手を取って振った。

「アヤちゃんちのおばさん、とても喜んでたわよ。アヤちゃんが立派な楽器係だったこと、とても喜んでたわよ」

「なにもかもばれちゃったのね」

「わたしが説明したのよ。ファイフをやめて楽器係専門になったってこと、落第だなんておばさんは思ってやしないわよ。演奏者は楽器係がいなければ演奏できないのだし、楽器係は演奏者がいなければ、必要ないのだし、どっちが上でどっちが下ってことはないって、おばさんはいってるわ」

「本当？　和ちゃん」

「本当だよ。大事なことは、それぞれの本分を、どれだけ一生懸命にやったかってことだ」

　二人の歩いて行くうしろから、突然そんな声がした。

「まあッ、びっくりした、正治さんじゃないの」

「そうさ、ぼくだよ」

「どうしたの、いま時分？」

　すると正治はいった。

「きょうは、ぼくは聞きにいってたんだけど、本当にいい演奏会だったと思うよ。演奏もよかったが、楽器係が立派だった。家へ帰ってもなかなか感激がおさまらないんで、その楽器係に敬意を表しに出てきたんだよ」

第十二章　汗(あせ)だくの練習

かおりの不幸(ふこう)

「あなたはどこへ行くの？　海？　山？」

「きょねんは海へいったから、ことしは山へ行きたいわ。お兄さんのキャンプについていってやろうかなと思ってんの」

「わア、いいわねえ。あたしなんかこんども信州(しんしゅう)のおじいさんのところよ。つまんないったらないの……」

　ことしもまたおきまりの、そんな話題の季節になった。一学期の期末(きまつ)テストがやっとおわって、開放的(かいほうてき)な気分が教室いっぱいにあふれている。

「きょねんは、かおりちゃんの軽井沢(かるいざわ)の別荘(べっそう)で、楽しかったわねえ……」

「そうだったわねえ。自転車で草原を吹(ふ)っ飛(と)ばしたときのすてきだったことったら……」

「でも、ことしはダメらしいわねえ」

「かおりちゃんは誘ってくれる気ないのよ」

「このごろ、あの人、かわったわねえ」

「なんだかへんよ。ツンツンして……」

「もう、あんたたちなんかと仲よくしたくないわ、っていわんばっかり……」

いままでかおりと仲よしだった連中がそんなことをいっているのを、このごろ、和子は、ちょいちょい耳にする。

三年になってクラスがちがってから、和子はかおりとはあまり顔を合わすことがなくなった。だがそんなことを聞いてから、それとはなしに気をつけていると、なるほど、このごろ、かおりは一人でいることが多いようだ。前のようにグループを引きつれて、ワイワイさわぎながら廊下を歩いたりしている姿も見かけない。

ある夜のことだ。和子が台所で夕飯のあとの洗い物をしていると、勝手口の外で、

「和ちゃん、和ちゃん」

と小声で呼ぶ声がした。押し殺した声だが、イネの声にちがいない。表へ出てみると、イネがバツの悪そうな顔をして立っていた。

「おばさん……」

思わず声をあげた和子の手を取ると、イネは和子を路地のほうへ引っぱっていった。

「おじさん、どうしてる?」

「小学校の用務員になったの。とても元気になったわ」

イネはしばらくだまっていたが、

「実はねえ、葉山さんのお宅から暇が出てねえ……」

「暇が出たって?」

「やめなくちゃならなくなったのよ。もう家政婦はいらないっておっしゃるの。いらないっていうより、はっきりいってしまうと、家政婦を置けなくなったんだよ」

イネはいった。

「葉山さんのお宅じゃあ、事業が失敗なさってねえ。あの家も売りに出してるんだよ」

「まあ……たいへんじゃないの……」

それでこのごろ、かおりは元気がなかったのだ。

「それでねえ、二、三日うちにあたしも葉山さんのお宅を出なくちゃならなくなっちまってねえ……」

「じゃ、帰ってきてくれるのね、おばさん」

和子は声をはずませた。

「だけどねえ。おじさんがなんていうか……おじさんはあの通りの人だから、さぞかし怒ってるだろうからねえ……」

「そんなこと心配してたの、おばさん。おばさんらしくないわよ。さあ、家へ入りましょう……」

和子はイネの手を引っぱった。

「おじさん、おじさん……」

和子は大声で耕作を呼んだ。

「おばさんが帰ってきたわ、おじさん」

「なに、イネが……」

耕作はあわてて立ちあがりかけたが、急に気がついたようにどなった。

「イネが、なんの用があってきた」

「おばさんが帰ってきてくれたのよ、おじさん」

「帰ってきた？　勝手なことをいうな！　だれも帰ってくれなどと頼みはせんぞ！」

「そんなこといわないで、おじさん……」

和子はいったが、耕作の声を聞いたイネは、和子の手をふりほどいていった。

「やっぱり思った通りだったわ。和ちゃん、じゃ、あたしは行くからね」

「行くって……どこへ行くの。おばさん……おばさん……」

和子は追いかけたが、イネは路地を走り出て行ってしまった。

翌日、和子は校門のところでかおりを見かけた。グループから離れて、一人うつむいて歩いているかおりを見ると、和子は一年前の自分を思い出す。すると和子は、いままでのいきがかりも忘れて、なんとか力づけたいと思わずにはいられないのである。

「葉山さん、おはよう」

和子はかおりに追いついて、声をかけた。かおりはふり返って和子を見たが、しかたなさそうに小さな声で、

「おはよう」

といった。

おはよう、と声をかけてしまったものの、和子はそのあとの言葉に困った。

「うちのおばさん、元気にしているかしら……」

しかたなく和子はいった。

「ここんところ、ちっとも家へ帰ってこないものだから、心配で……」

「元気よ」

かおりはつきはなすように一言いうと、だまってしまう。

「あたし、前から葉山さんにお礼をいわなければならないことがあったの。でもはずかしいものだから、なかなかいえなかったんだけど……」

和子はつとめて明るくいった。

「おばさんがあなたの家で働かせてもらってる上に、いろいろな物をいただいて……ほら、いま、はいているこのソックスだってそうなのよ。前からおばさんにいわれていたの。かおりさんによくお礼をいうんだよ、って。でもいままで、あたしってひがんでいたのよ。あなたがあんまり幸せそうなので、素直になれなかったんだわ。でも、このごろ、これじゃいけないと思い始めたの。あたしはいま、もっと素直な心になって、素直にそれを表現できる人間になろうと心がけてるの。だからいまもあなたにむかって、心から素直な気持ちで、ありがとうっていってるのよ」

そのとき、それまでだまっていたかおりが、きっとなった顔をあげた。

「あたしの家が貧乏になったことをおばさんに聞いたのね。だから早見さんの態度は急にかわったんだわ」

「葉山さん、なにをいうのよ……」

かおりは立ちどまると、裂けるような目をして和子をにらんだ。

「わかってるわよ。あなたはあたしをナメてるのよ。そんなふうになれなれしくすることで、おまえはもう前の葉山かおりじゃないよ、っていおうとしているんでしょう！　あなたにわざわざ教えてもらわなくても、それくらいあたしにはわかってるわ」

真夏の太陽の下で

夏休みに入ってまもなく、文化祭の出場者がきまった。和子、純子、律子、三人とも仲よく出場者に選ばれた。

「三人ともがんばってね。あたしもがんばるから……」

アヤ子はいった。アヤ子は文化祭までに、楽器という楽器をピカピカにみがきあげるといまからはり切っている。

まもなく文化祭の演奏曲目がきまった。曲は「旧友」「新世界」のほか、パレードのときの「白鳥の湖」などである。

三人の夏休みは、猛練習に明け暮れた。練習は演奏の練習ばかりではない。演奏も大事だが、列をみださぬよう、正しい姿勢で行進することも大事だ。三千人の隊員が隊列を組んで行進しながら円になったり星になったりする。そのためには全員の歩幅がおなじでなければ形がみだれてしまう。足の歩幅は五十センチときめられている。足の長い者も短い者もおなじように五十センチで歩かなければならない。だがファイフを吹きながらおなじ歩幅で歩くことは、まったくむずかしいことだった。和子は足が短いので列がまがって行くときに外側にいると、どうしても遅れてしまう。遅れると直線がみだれる。

和子は、お宮の境内にチョークで線を引き、その上に五十センチずつの印をつけた。行進は一分間に六十二メートルのわりで進まねばならない。そうして一分間に六十二メートルに歩くには、一歩の幅を五十センチで歩かなければならないのだという。和子は、しるしをつけた線の上を、行ったりきたりした。だがうっかりするとつい五十センチよりせまい歩幅で歩いている。五十センチ、五十センチとそればかり頭に置いていると、姿勢がくずれて、顎が前へ前へとつきでてしまう。

それを監督するのがアヤ子の役目だ。アヤ子は和子と一緒に早起きをして、はり切ってお宮までついてくる。そうして、和子の歩くのを見て、

「ダメ、ダメ！　肩、肩、あがってる！」

とか、

「おしり、おしり、出てるわよ。アヒルのおばさんじゃあるまいし……」

などと大声でしかりつけるのだ。

文化祭をめざして猛練習をしながらも、和子の胸には、一つの心配があった。それは文化祭に着るユニホームのことである。ユニホームは白いワンピースに赤か青の胸あてをつけ、頭には白いベレー帽をかぶるという。ワンピースが約千六百円で、ベレー帽や、その他の付属を入れると、だいたい二千円は必要だろうということだ。

和子の心配はその費用のことなのだった。耕作の収入は、豆腐屋をやっていたころにくらべると、ずっとへっている。

イネがいなくなったために、家計が苦しくなっていることは、和子自身一番身にしみて感じていることだ。このうえ、耕作にユニホーム代などねだれるものではない。

和子には、耕作のきげんのいいときなどに、ときどきもらうお小づかいを使わずにためておいたのが、三百円ほどある。しかし、三百円では、どうにもならないことはわかりきっていることだ。あと千七百円の金をどうするか。そのことを思うと、和子の耳には練習をしたところでしょうがないじゃないか、という声がどこからか聞こえてくる。どんなにファイフが上手でも、どんなにまっすぐに歩けるようになっても、ユニホームがなければ、どうすることもできないのだ。

だが和子はそう思いながら、朝の五時半になるとふしぎにパッチリ目がさめて、ファイフをもってあのお宮へ出かけて行くのである。

この一年のあいだに和子はどんなときでも希望を捨てないことをおぼえたのだ。

八月に入ってからは、毎週、日曜日の午前九時から日没まで、各隊ごとに猛練習がはじまった。小学校の校庭に九時に集合すると、午前中いっぱいは、ただ五十センチ幅で歩くだけの練習である。午後になって楽器をもって歩く練習にうつり、三時ごろから演奏しながら歩く練習になる。真夏の太陽が照りつける下で、みんなは、ただ黙々と歩く。


——足を引きずってはいけない。

——うつむいてはいけない。

——おしりが出てはいけない。

——肩があがってはいけない。

——さがってもいけない。

——前へ出てもいけない。

汗が流れて目に入る。のどがかわく。足が痛い。陽に焼けた首筋がヒリヒリする。

埃にまみれ、真っ赤に日焼けして帰ってくると、もう夕飯の支度をするのもいやだった。だが、からだの不自由な耕作が、大きなからだをせまい台所のあちこちにぶつけながら、漬物を切ったり、茶碗を出したりするのを見ていると、和子は休んではいられなくなる。

「おじさん、いいわ、あたしがやるわ」

そういって立ちあがってくる和子に、耕作はすまなさそうにいった。

「すまねえな。和子。あのときにイネに帰ってもらえばよかったのになあ……」

イネは葉山家を出たあと、S町のほうの会社の寮母になって住みこんだという話だった。

イネのことが気にかかりながらも、和子の夏休みは、文化祭の練習のうちにすぎて行った。二学期がはじまって学校へ行くと、伊東ミチはびっくりしてしげしげと和子をながめた。

「まあ、早見さん、海へいってたの?」

「ううん、海へなんか行かないわ」

「なら、山?」

「ううん、山でもない」

「じゃあどこへいってたの、そんなまっ黒になって……」

「東京の太陽だってけっこう黒くなるわよ。いくら排気ガスにすすけてたって……」

めずらしく和子はじょうだんをいった。伊東ミチはそんな和子をつくづく見て、

「早見さんはこのごろ、本当に明るくなったわねえ」

と感心してから、ミチは声をひそめた。

「葉山さんのこと、知ってる？」

「葉山かおりさん？　どうかしたの？」

「一学期で学校をやめたのよ」

ミチの話したところによると、かおりは夏休みのあいだにＹ町のほうへ引っ越して行ったのだという。事業に失敗したかおりの父は事業のたてなおしのために大阪へ行き、かおりは母と二人でＹ町のアパートに住むことになったのだ。

「まあ……お気の毒ねえ……」

「でもねえ、葉山さんはあんな性格だから、同情されると反対に腹が立つらしいの。だからだれにも住所を知らせずにいなくなってしまったのよ」

和子は後悔でいっぱいになった。いつか校門のところでかおりを怒らせたまま、その誤解をとかぬままにかおりはいなくなってしまったのだ。

九月に入ると文化祭の練習は、最後の仕上げの段階に入った。ことに日曜日の練習は朝から陽が暮れるまで、ぶっとおしにおこなわれる。行進の練習なので、主任たちは練習場の確保に頭を悩ましていた。

小学校の校庭や、町はずれの空地や、公園などを、和子たちは転々とした。はじめは好奇心で見ていた町の人々も、練習が昼となり夜となるにしたがって文句をいい始めるからだ。ことにファイフとちがってドラム隊は人々からうるさがられる。

「楽隊屋ァ、うるさいぞォーッ！」

そんな大声が飛んでくることもあれば、警官が注意にきたこともある。赤ン坊が熱を出したといって怒られたこともある。そのたびにゾロゾロと新しい場所を探して移動しなければならないなさけなさ……。

「いいですか。三千人も出るのだから、一人くらいそろわなくても目立たないだろう、なんて考えていては大まちがいですよ。三千人が出ているんじゃなくて自分一人だけでやっていると思ってごらんなさい。いいかげんなことはしていられないでしょう」

筧葉子はそういった。

「堀田さんの組、その気持ちでもう一度、やってごらんなさい。ほかの列は休んでよろしい。さあ、そこの八人だけでもう一度……」

いつもやりなおしばかりさせられるその八人の中に和子と堀田光子が入っている。光子はのんき者で、和子は足が短い。そこへ安井というあわて者がくわわっている。右まわりのとき、光子のまわり方はいつもおくれ、左まわりのときは安井のまわり方が早すぎるのだ。

光子は陽に焼けるのをいやがって、手ぬぐいで頬かむりをした上に、縁の広い麦藁帽子をかぶっていた。

「なによ、あなたのそのかっこう、どこかのたんぼから東京見物にやってきたカカシってとこね」

安井がそういうと、光子も負けずにいい返す。

「なによ、あなたこそ、病院をぬけ出してきたギャングじゃあるまいし……」

安井は黒メガネをかけ、頬と鼻を白い布でおおっているのである。

だが和子はジリジリと照りつける太陽の下で、水からあがったように汗でびっしょりになりながら、練習に熱中するのがすきだった。

――もっともっと陽に焼けよ！

もっともっと汗よ流れよ！

陽に焼ければ焼けた分だけ、汗を流せば流した分だけ、それだけ早く上達して行くような気がするのだ。そのころでは、音楽に合わせてひとりでにからだが動くようになってきたのが和子は嬉しい。

ある日、練習のあとで葉子はいった。

「みなさん、ユニホームの仮縫いはもうおわりましたか。まだの人は必ず三日以内にすませてくださいね……」

合い言葉

「早見さん、

がんばってますか？

おたがいに練習が忙しくて会えないけれど、律子さんもあたしも、生まれてはじめてというがんばりで夏を越しました。

律子さんのがんばりときたらすごいものです。ドラムを打ちながら左へまわって行くのがどうしてもうまくいかないといって、このごろは一緒に歩くといつも歩調を取って歩かされます。左へ左へとまわって行くので、いつまでたっても目的地に到着することができないくらいです。それにまあ、その日焼けしたことといったら……夜の練習のときなど、声を聞かなければだれだかわからないくらい、夜の中にその顔色がとけこんでいるの。彼女はそれを保護色といっています。

ところで早見さん。

同封のお金、失礼ですが、どうかユニホーム代として使ってください。これはあたしだけではなく、律子さんと兄貴の志も入っています。

もしあなたが遠慮したりしたら、あたしたちはカンカンになって、絶交します。いいわね？　わかった？　文句をいう暇があったら、練習するべし、と律子さんがいっています。

ではがんばってね。

ガンバッテル？

ガンバッテル！

これがあたしたちの合い言葉よ」

純子からそんな手紙と一緒に二千円の金が送られてきた。

「おじさん、どうしよう……これ見て！」

和子がさし出した手紙を読んで、耕作は、なにもいわずにハラハラと涙をこぼした。

「ありがてえなあ、ありがてえ……ありがてえ……」

涙をこぼしながらおなじことをくりかえすばかりだ。

「おじさん、おなじことばかりいってないで、どうすればいいか教えてよ」

「ええもんだ。たいしたもんだ。たいした子供らだ……」

とこんどは〝たいしたもん〟をくりかえす。

「和子、ありがたくお借りしとけ」

やっと耕作は本題にふれた。

「おじさんが働いて、少しずつお返しする。せっかくの好意だ。それまで、ありがとうといって、お借りしておくがいい」

耕作も心ひそかに和子のユニホーム代のことを心配していたのだ。

「しかしな、和子、ありがたいのは金ばっかりじゃないぞ。その心だぞ。忘れるな。心だぞ……」

耕作はしみじみといった。

「和子、おまえ、鼓笛隊に入って、本当によかったなあ……」

その翌日から耕作は家へ帰ってくる時間が遅くなった。いったん帰ってきてから、また出かけて行く日もある。そうしてある夜、和子が練習から帰ってきてみると、いつもは薄暗い電灯が明るくなっていて、格子戸をあけた和子を迎えたのは、イネの笑い顔だった。

「まあ！　おばさん――」

「和ちゃん……なんとまあ、まっ黒になって……」

「だからいったろ、和子を見てびっくりするな、って……」

奥から耕作の上きげんの声がいった。

「おばさん――帰ってきてくれたの」

「おじさんが迎えにきてくれてねえ」

「おじさんが……」

耕作は具合悪そうに顔をなでながら、

「おまえたちに教えられてな」

という。

「おまえら子供が助け合って一生懸命にやってるのに、おとなのオレが、いつまでも意地はっておまえに苦労させてるのがはずかしくなっちまってな……」

「それで、おばさんを迎えにいってくれたの？」

「なかなかわからなくて弱ったよ。次から次と勤め先をかえてやがるもんだから……聞いたら、どこでもケンカしてやめていったっていうじゃねえか。あきれたよ」

「あたしもおかげさんで、いろいろ苦労しましたよ」

イネはいった。

「やっぱり自分の家が一番いいねえ。いくら亭主がわからず屋でも……」

「なにいいやがる！」

三人は声をそろえて笑った。ひさしぶりの明るい笑い声だ。そのとき、イネが思い出したようにいった。

「葉山さんも気の毒に、奥さんが病気らしいねえ」

「おばさん、葉山さんの引っ越した先、知ってるの？」

「お世話になったお礼に、引っ越しの日に手伝いに行ってあげたんだよ。あのころから、奥さんはだいぶ疲れておられたようだったけど、とうとう最近は寝こんでしまわれたので、お嬢さんは学校へも行ったり行かなかったりだっていうわよ」

その夜、和子は一晩中、眠れなかった。なに不自由なくぜいたくに育ったかおりが、病気の母をかかえて学校へも行けないと聞くと、あまりに気の毒で、いますぐにでも走って行って手助けをしたいと思う。かおりにも御本尊さまにおねがいすることを教えたい——和子は思った。かおりを救いたい。力になりたい。必ず幸せな日がやってくることを信じさせたい……

——和子ちゃんの力でやってごらん……

ふとそんな声が耳もとに聞こえたような気がした。筧葉子の声のようでもあり、支部長の長谷川さんのようでもある。そうだわ、死んだ母さんの声かもしれない——和子はそう思った。和子はいままでいろんな人の助けを得てやっとここまできた。これからその恩返しをするのよ。助ける側にならなければいけないわ……そのとき母がそういっているように和子には思えたのだった。

次の日、学校からの帰りに和子はY町へいった。イネに道順を聞いた通りに、あかね荘というアパートを訪ねた。何度も交番で聞いてやっと捜しあてたあかね荘は、新しいが粗末な木造のアパートである。入口にいた女の人に教えられた通りに階段をのぼって行くと、のぼったところのとっかかりの部屋の前で、一人の中年の女が大声でいうのが聞こえてきた。

「ですからさ、二千円だけでもとりあえずはらってくださいよ。大阪から金がこないからどうにもならないなんて、あたしの知ったこっちゃないんだからね」

ドアがあいていて中が見えた。そこにうつむいて立っているのはかおりだ。

「かおりさん!」

思わず和子は声をかけた。

かおりははっと顔をあげ、

「早見さん!」

とさけんで表情をこわばらせた。

「かおりさん、お母さんがお悪いんですって……」

勇気を出して和子はいった。

「それであたし、なにか力になれたらと思ってきたの」

中年女は和子を見ると、「じゃ、またあとで」といって階段をおりて行った。どうやらこのアパートの管理人らしい。かおりは部屋代がはらえなくて文句をいわれていたようすである。女が下へいってしまうと、かおりは憎しみをこめて和子の顔をきっとにらんだ。

「早見さん、あたしの不幸はあたしが一人で解決するわ。あなたのお世話にはならないわ。ほっといてちょうだい」

そういうなり、和子の鼻先で、バタンとドアがしまった。

「かおりさん、かおりさん……」

和子はドアをたたいたが、かおりは答えない。どの部屋も夕餉(ゆうげ)の支度をはじめている。魚を焼く匂(にお)い、油でなにかを炒(いた)める音……だがかおりの部屋はひっそりとしてもの音もしない。和子はしばらくそこに立っていたが、やがてカバンの中からノートを取り出して、そこにしゃがんで書いた。

「かおりさん、

こんなことをするとまた怒られるかもしれないけれど、でも、せずにはいられません。あたしは小さいときから貧乏の中で育ってきたので、お金がないときのつらさがよくわかるのです。

不幸な者は不幸な者同士(どうし)、手をにぎりあい、助け合って暮らしていくべきだと思います。どうか怒らないで、あたしの友情(ゆうじょう)を受けてください。おねがいします」

和子はそのノートをやぶいて、ポケットに入れていた二千円をつつんだ。

「御本尊さま。どうかあたしの心がかおりさんに届(とど)きますように……」

祈(いの)りながら和子は、それをドアのすきまから中へ入れた。

終章　明日にむかって

雨の中の練習

文化祭は近づいてきた。

十月に入ってから快晴（かいせい）がつづき、この調子では、文化祭の日も上天気（じょうてんき）にちがいないといっていたら、フィリピン付近に台風が発生して、日本へむかって進んでいるというニュースが出た。スピードは遅（おそ）いが幅（はば）の広い台風で、もし上陸するとすれば十五日前後になるだろうという。その前ぶれのようにときどき小雨（こさめ）のパラつくいやな天気がやってきた。

ユニホームの代金として純子（じゅんこ）たちから送られた二千円の金をかおりの家に置いてきてから、もう十日近い日がたっていた。かおりからはなんの返事もない。和子（かずこ）の心はかおりに通じたのだろうか？

「和ちゃん、ユニホーム代のこと、服装（ふくそう）係の横井（よこい）さんに話しておいたら、特別四回払いにしてもらえることになったわ」

アヤ子が雨の中を走ってきてそういった。日曜の朝である。きょうは十時からグラウンドでの総練習がある予定だった。だがあいにくと昨夜からの雨だ。

「だからとりあえず、一回分の五百円だけ、近いうちに払ってほしいっていうのよ」

アヤ子は耕作に聞こえないように声をひそめていった。アヤ子は和子がかおりにユニホーム代をあげてしまったことを知っている。そのためアヤ子は奔走して、やっと服装係に四回払いをたのんでくれたのだ。だがその四回払いの一回分にさえ、和子のもっている三百円では足りないのである。

「どうする、五百円。アテあるの？」

アヤ子は心配そうに聞いた。

「ないこともないの、心配しないで」

和子はもうこれ以上、友だちに迷惑をかけることはできないと思っている。そのため、「ないこともない」などといってしまったが、本当はアテなどなにもないのだ。

雨が少し小降りになってきたので、和子はＹグラウンドへ出かけた。このくらいの雨なら練習はあるにきまっている。ＹグラウンドはＹ町の海岸の埋め立て地に作られたグラウンドだ。ここなら苦情がくる心配はない。

和子がYグラウンドに行くと、小雨の中をぞくぞくと仲間が集まってきていた。

「みんな、よく集まってくれたわね」

葉子が嬉しそうに声をかけた。

「さあ、元気よく、雨雲を吹っ飛ばす気で……」

行進がはじまった。行進しながらVの字をえがき、それからXになり、やがてグラウンドいっぱいに音譜の形を作るのだ。和子も光子も、いや、だれひとり、自分がその音譜のどのへんに位置するのか、さっぱりわからない。わかっていることはただ、自分はその重要な一つの点なのだということだけである。その点が一つくるえば、全体に汚点がつく。

一時やんでいた雨はいつかまた降り出した。グラウンドの赤土がぬかるんで、ピチャピチャといやな音をたてる。だれも彼も髪がぴったりとはりつき、頬を汗と雨が流れている。スカートから背中まで赤土のハネがあがって泥んこだ。

「なんだい、あの連中。朝、ここを通るときにいたけど、いつまでやってる気かね」

「すごいファイトだねえ。どこの学校だ」

「学校じゃないんだよ。創価学会だってさ」

「へーえ、ソーカガッカイ？　たいしたもんだねえ……」

通りすがりに立ちどまって、そんな会話をかわして行く人もいる。秋の日は短い。雨はやっとやんだが、陽はもうとっぷり暮れてしまった。

「もうこんなに暗くなってはこれ以上、ムリね」

「でも、せっかく、雨がやんだんですから、もうすこしやりたいわ」

「でもこんなに暗いと危険よ」

そのとき、黄色い明りが堤の上から和子たちを照らした。

「おーい」

まばゆい光のかげから男の声がした。

「暗いだろうから、照らしててあげるよ。がんばってくれェ」

さっきから堤で練習を見ていたトラックの運転手が、車のライトをこちらへむけてくれているのだ。和子たちはわーッととびあがった。

「ありがとーッ」

「がんばりまーす」

「学会の方ですかア?」

ドラ声が帰ってきた。

「ガッカイ?　なんだか知らねえけどよオ、あんまり一生懸命だから、感激したんだよオ……」

練習はつづけられた。ふと気がつくと、だれも彼もクルブシまで水の中にひたっている。

「あら、水」

「へんねえ。雨はあがってるのに……」

「わかった、満潮（まんちょう）なのよ」

だれかがいった。

「満潮？」

「そうよ。だってここは埋め立て地でしょ。満潮になると水があがってくるのよ。でもおぼれることはないわ、さあ、やりましょう」

だれもやめようとはいわない。だんだんかさを増（ま）してくる夜の水の中に、高らかに笛（ふえ）の音がひびき、その伴奏（ばんそう）のようにみんなの足の下でポチャポチャと水が音をたてた。

舞いあがる鳩

明日はいよいよ文化祭だというのに、雨は降ったりやんだりしながら、まだやみそうにない。

「だいじょうぶよ。引き受ける。明日の朝まではきっと上天気にして見せるわ」

そういっていたアヤ子も、さすがに心配そうに空ばかり見あげるようになった。

「和子、もう寝なさい。明日の朝は早いんだろう」

耕作がいった。明日の朝は四時半におきて支度をし、五時に文化祭の開かれる競技場のサブグラウンドに集合しなければならない。

夜に入ってから和子はずっとお題目を唱えつづけた。アヤ子の家からもお題目が聞こえてくる。耕作にすすめられて和子が床についたのは十時すぎである。明日のことが気になって眠れなかったが、いつのまにか眠りに入ったのだろう。

「和子、おきろ、雨があがったぞ！」

耕作の声にとびおきて窓をあけると、空はまだ暗いが、雨はきれいにあがって気持ちのいい朝風が頬を吹きすぎていった。

「バンザーイ、お天気よ！」

アヤ子の家から、そんなアヤ子の声が聞こえてきた。

和子は急いで支度をすると表へとび出した。アヤ子はもうとっくに家を出たという。

きょうは楽器運搬係にとっては戦争のような日だ。

しらじらと明けてきた雨あがりの町を和子はK競技場へと急いだ。集合時間より四十分も早く着いてしまったが、それでもサブグラウンドには、もうおおぜいの鼓笛隊員がきていて、それぞれ興奮した面もちで、ゆうべの雨がやんだことを話題にしている。

「御本尊さまがわたしたちのおねがいを聞きとどけてくださったのよ」

葉子の明るいよく通る声がいきおいよくいった。

「さあ、みなさん、はり切っていきましょう！」

出席をとったあと、みんなはユニホームに着がえた。白いワンピースにハイソックス。赤い胸あてが、キラキラとびはねる雨あがりの朝の光の中であざやかだ。アヤ子が朝からもう汗びっしょりになって、楽器を運んできた。

「アヤちゃん！　見て」

和子は走って行ってアヤ子にユニホーム姿を見せた。

「イカス！　とってもすてきよ」

アヤ子は汗の流れる上気した顔をふりむけて、大太鼓を運びながらおどけていった。

「とても四回払いを、もっとまけてもらったとは思えないわよ！……」

そのとき、むこうから律子がやってきた。律子の胸あては青だ。ニコニコしている律子のうしろから近づいてくる少女を見て、和子は思わず声をあげた。

「かおりさん！」

「早見さん……」

かおりはそういうなり、いきなり両手で顔をおおってしまった。

「あのね。葉山さんはあなたにお礼がいいたくて、わざわざきたんですって……」

律子は、

「なにもかもかおりさんに聞いちゃったわよ。和子さんのユニホーム代、まだ払ってなかったことも……」

と軽く和子をにらんで笑った。

「ごめんなさい。有木さん」

「いや、いくらあやまっても許さん、といいたいところだけど、でも、くやしいけど、とてもそうはいえないわ」

律子はそういうと、千円札を二枚、さし出した。

「まあ、なあに？　このお金――」

「このお金、かおりさんが返しにきたのよ」

「葉山さん、ホント？」

「早見さん、ありがとう。あのお金はとても大事な役に立たせてもらったわ。でもあたしの家もやっと、いいほうへむいてきたの。あれからまもなく父が大阪から帰ってきて、仕事のほうもどうやらうまく行きそうだからって、急にあたしたち、大阪へ行くことになったの」

かおりはやっと涙をふくと、その顔を和子にむけた。

「早見さん、やっとあたしはいろんなことがわかるようになったわ。そしてやっと素直に人を見られるようになったわ。大阪へ行く前に、どうしてもあなたに会ってこれまでのいろんなことを全部あやまって、そしてお礼がいいたかったのよ。和子さん、あたし、あなたを誤解していたわ。学会というものも誤解していたわ」

かおりはいった。

「和子さん、あたし、母と一緒にきのう、入信したのよ」

「ホント？　葉山さん！　ああ、よかったわねえ……」

和子はかおりの手を取ってにぎりしめた。

まぶしく晴れあがった秋空に、鳩の群れが舞いあがった。その青空をゆるがすように、グラウンドから歓声と拍手がわきあがった。文化祭ははじまったのだ。

「じゃ、早見さん、ご成功を祈ってるわ」

「ありがとう。かおりさん。お元気でね」

そのとき和子はいいことを思いついた。

「かおりさん、大阪へいったら、ぜひ、鼓笛隊に入ってちょうだい。そうしてファイフをやってちょうだい」

「あら、ファイフじゃなくて、ドラムを……」

といいかける律子を制して、和子はいった。

「ほら、おぼえてる？　有木さん。いつかのアヤちゃんのファイフ。筧さんにあずけたファイフ、あれをかおりさんに贈るのよ……」

「あっ、それはいい考えだわ。アヤちゃんも喜ぶわよ、きっと……」

「葉山さん、大阪へ発つのはいつ？」

「明日の夜の九時なの」

「じゃ、駅へ見送りに行くわ。そのときにすてきなプレゼントをもっていくわ」

男子部の体操がはじまったのか、力強い歓呼がウォーッ、ウォーッとひびいてくる。葉子のよく通る声が聞こえてきた。

「集合！」

「じゃ、さようなら、早見さん、がんばってね」

「ありがとう。明日の夜ね」

いよいよ鼓笛隊の出場である。行進の最初の曲は「新世界」だ。

赤いマントのトワラー隊がグラウンドに出た。隊列は進む。純子のドラム隊が出た。アコーディオンがつづく。和子は力いっぱいファイフを吹き鳴らしながらグラウンドへ出ていった。八方から拍手の波が押し寄せてくる。青い芝生、晴れあがった空、満員の観客席――和子は歩いた。ファイフを吹いた。ロイヤルボックスに、しぜんに目がいった。

秋の日ざしを正面から受けて、いつもとすこしもかわらない池田先生の顔が、ひとりでに目の中にとびこんできた。

――先生が見ていてくださる……

突然、その思いと一緒に、熱いものが胸にこみあげた。急にこの三カ月間の炎天のもとでの苦しかった練習のことが思い出された。そうだ、池田先生が見ていてくださる。きょうのこのパレードだけではない。苦しかった三カ月の練習の日のことも、池田先生は、このパレードを通して見てくださるにちがいない……

曲は、「新世界」から「旧友」にかわった。右まわり……左まわり……まわれ右……隊列はX形からV形にかわり、V形からヒシ形を作っていく。はじめはバラバラだった音が、いまは、一つのかたまりのようになって、グラウンドいっぱいにひびきわたった。

——池田先生、見てください。

三千人の出場者の思いは、これ一つだ。この一瞬のために、三カ月間の苦労を耐えてきたのだ。秋の日の中の池田先生の温顔、あの慈愛にあふれたまなざしに見守られているという喜びが、みんなの心を一つにし、いままでになかったような最高の音色に高まっている。

どよめきと拍手が、なんどとなく観客席からわきおこった。赤の胸あてと青の胸あてが美しく交さくし、隊形はグラウンドいっぱいに八分音符をえがいた。歩きながら、演奏をしながら、どの顔も感激の涙に濡れている。指揮者として出場している筧葉子は、すれちがっていく、その一つ一つの涙の顔に、いちいち、うなずき返している。

それは、

「いいわよ、その調子、最高よ」

といっているようでもあり、また、

「見てくださっているわよ、先生が」

といっているようにも見えた。

パレードをおわって、グラウンドを退場（たいじょう）してきた和子たちは、ひかえ所へもどるなり、わけもなく、

「わっ」

と、さけんで抱き合（だあ）った。

「よかったわね」

「よかったわね」

いうことは、おなじその言葉ばかりだ。よかったわね、の一言の中に、たくさんのいろんな思いがこもっている。筧葉子が小走りにやってきた。そしていった。

「みなさん、聞いてください。たったいま池田先生がおっしゃったことをおつたえします」

みんなは、急にしーんと静まって、葉子の口もとを見つめた。

「よくがんばった。あそこまでやるには、ずいぶんたいへんだったろうね。きょうのできは、最高だった。池田先生は、そういってくださったのよ」

わーッと歓声があがった。葉子は手をあげて、

「それからね、まだあります。服装係や楽器係や、荷物番の人たちもご苦労だった。みんなよくがんばった……」

アヤ子が、いきなり和子にとびついてきた。

「和ちゃん、聞いた？　いまの池田先生のおっしゃったこと……」

「聞いたわよ。聞いたわよ」

「ああ、最高よ。もう思い残すことはない……」

アヤ子はそういうと、汗と涙でクシャクシャになった顔のまま、そこへぶったおれてしまった。

＊　＊　＊

文化祭から一カ月近い日がすぎた。秋は日一日と深まり、あのお宮の細い石段(いしだん)は、落ち葉でうずもれた。そこに立って町のほうをながめると、和子の胸の中には、さまざまな思い出があふれる。

いろいろなことのあった一年半。
いろいろな事件に遭って、いろいろなことを学んだ一年半。
この一年あまりの思い出は、はじめてファイフをもってここへきたときのことからはじまるような気がする。だがこの次、ここへくるのはいつだろう?と和子は思う。
和子とアヤ子の家は、近くのY町へ引っ越すことになったのだ。長いあいだまとまらなかった家の立ちのき問題が、この近くのY町の、大場家の所有であるアパートへ移るという条件で、やっとまとまったのである。
和子はもってきたファイフを口にあてた。ここからT町やK町にサヨナラの挨拶をしようと思う。はじめてのときのように、和子は静かにドの音を出してみた。
ドーォォォ
レーエエエ
ミーイイイ
ファの音を出そうとしたとき、どこからかフルートの音が、
ファーァァァ
と澄みきった空気の中をわたってきた。
「正治さんね!　どこにいるの?」

和子はいった。

「いけない人ね。どこにかくれてるの？」

お宮のうしろの雑木林の中から、笑いながら正治が出てきた。

「サヨナラをいいにここへきたのよ。この石段や、空や、あのけやきの大木や、町や川に……」

和子はいった。

「それから正治さんにも……」

「だが、本当はサヨナラじゃないさ」

正治はそういうと、明るい笑顔を和子にむけた。

「わかるかい？　この意味？」

「あ、わかった！　そうだわ。お別れじゃないのね」

そうして和子は、秋空にむかってさけぶようにいった。

「サヨナラじゃなかったのよ。明日にむかって進むのよ。あたしたち、行く先は一つなのね！……」


（完）

佐藤愛子（さとう・あいこ）

一九二三（大正十二）年、大阪市生まれ。甲南高女卒。小説家・佐藤紅緑を父に、詩人・サトウハチローを兄に持つ。一九五〇（昭和二十五）年「文藝首都」同人となり処女作を発表。一九六〇年「文學界」に掲載された「冬館」で文壇に認められ、一九六九年『戦いすんで日が暮れて』で直木賞を、一九七九年に『幸福の絵』で女流文学賞を受賞。佐藤家の人々の凄絶な生きかたを、ありありと描いた大河小説『血脈』で、二〇〇〇（平成十二）年菊池寛賞を、二〇一五年『晩鐘』で紫式部文学賞を受賞する。ユーモラスなエッセイにもファンが多く、二〇一六年『九十歳。何がめでたい』が大ベストセラーとなった。二〇一七年、旭日小綬章を受章。

USHIO
WIDE BUNKO
008

鼓笛隊物語

二〇二四年十一月三日　初版発行

著者　佐藤愛子
発行者　前田直彦
発行所　株式会社　潮出版社
〒102-8110
東京都千代田区一番町6　一番町SQUARE
電話／03-3230-0781（編集部）
03-3230-0741（営業部）
振替／00150-5-61090

印刷・製本　中央精版印刷株式会社

©Aiko Sato 2024,Printed in Japan

ISBN978-4-267-02435-1 C0195

乱丁・落丁本は小社負担にてお取替えいたします。

本書の全部または一部のコピー、電子データ化等の無断複製は著作権法上の例外を除き、禁じられています。

本書を代行業者等の第三者に依頼して本書の電子的複製を行うことは、個人、家庭内等の使用目的であっても著作権法違反となります。

[https://www.usio.co.jp]

潮ワイド文庫
好評既刊

■潮ワイド文庫 001
『民衆こそ王者』に学ぶ
常勝関西の源流

■潮ワイド文庫 002
『民衆こそ王者』に学ぶ
婦人部 母たちの合掌（いのり）

■潮ワイド文庫 003
『民衆こそ王者』に学ぶ
「民音・富士美」の挑戦

■潮ワイド文庫 004
『民衆こそ王者』に学ぶ
沖縄・広島・長崎 不戦の誓い

■潮ワイド文庫 005
「周恩来と池田大作」の一期一会
西園寺一晃

■潮ワイド文庫 006
『民衆こそ王者』に学ぶ
迫害と人生

■潮ワイド文庫 007
『民衆こそ王者』に学ぶ
「冬」から「春」へ
——若き日の誓い

潮出版社